Le collier au clair de lune

© 2025 Mathis D'Aquino
Édition : BoD · Books on Demand, 31 avenue Saint-Rémy,
57600 Forbach, bod@bod.fr
Impression : Libri Plureos GmbH, Friedensallee 273,
22763 Hamburg (Allemagne)
ISBN : 978-2-3225-5388-4
Dépôt légal : Février 2025

Mathis D'Aquino

L'oeuf de Drasil

Le collier au clair de lune

Remerciement

Bonjour, je m'appelle Mathis D'Aquino. Tout d'abord, je tiens à vous remercier de lire cette histoire que j'ai pris énormément de plaisir à écrire et qui, je l'espère, vous fera voyager autant que moi. J'aimerais également remercier particulièrement ma famille pour tout leur soutien.

Chapitre 1

Que tout brille

Salut ! Moi, c'était Nico, j'avais quinze ans. Et voici l'histoire bizarre et un poil magique, qui se trouvait être ma vie. Elle commençait pourtant bien.

Mon réveil sonnait avec un bruit à assommer un chien. Il était sept heures, je me levais, pris mon petit-déjeuner, me douchais, m'habillais et descendais.

Le manoir semblait, comme chaque matin, désert.

Ah oui ! J'oubliais. Je n'habitais pas dans une modeste maison ou un appartement comme la plupart d'entre vous, mais bel et bien dans un manoir. Un manoir que je nettoyais toute la journée, tout en espérant éviter les foudres de mon « père » adoptif, qui se nommait Abraham.

Oui, j'étais orphelin. Enfin, jusqu'à ce que cette merveilleuse famille m'accueille.

La famille Walker. Ils étaient riches, puissants, mais surtout cruels.

Leur richesse avait ses bons côtés, elle me permettait « d'emprunter » un peu d'argent sans qu'ils s'en aperçoivent et, ainsi, une fois en avoir assez amassé, je pourrais me tailler de cette maison de tarés. Sauf qu'aujourd'hui, rien, mais alors rien, n'allait se passer comme prévu. Après avoir nettoyé de fond en comble les chambres, passé la serpillière et déraciné les mauvaises herbes du jardin de deux mille cinq cents mètres carrés, je m'accordais donc une courte pause et c'est ce moment que choisit mon merveilleux père pour rentrer.

- Encore en train de te prélasser, bon à rien ! hurlait-il en levant la main.

D'habitude, il n'avait même pas besoin d'excuse pour me frapper, mais là, d'en avoir une le faisait jubiler. L'avantage à forcer toute la journée sans s'arrêter, c'est que les coups faisaient de moins en moins mal. La première fois, pour mes onze ans, je crois, je n'arrivais plus à respirer dès les premiers coups. Maintenant, même en titubant un peu, je le regardais droit dans les yeux pour lui montrer que je résistais toujours. Une fois rassasié de sa violence, il me congédiait dans ma « chambre », plus communément appelée débarras.

Je me mis donc à faire le compte de ce que j'avais amassé jusqu'à aujourd'hui : cent trente-huit euros et douze centimes. C'était un début, mais pas suffisant pour me permettre d'en vivre. Je rangeais donc cet argent que j'accumulais depuis près de quatre ans. Il contenait mon unique et désespéré espoir d'avoir une meilleure vie. Soudain, une voix s'éleva du rez-de-chaussée.

- Nico chéri, je suis rentrée !

Cette voix féminine et élégante me donnait des frissons.

Plus il y a de bourreaux, moins on rit. Ma mère adoptive, Sabrina, revenue de voyage d'affaires, venait à son tour de faire son entrée.

Elle était encore plus cruelle que son mari, car elle savait taper là où ça faisait mal. Contrairement à la violence physique de mon père, elle frappait avec les mots et les punitions ; elle pouvait être très créative. Je descendis à contrecœur pour aller la saluer, lentement, comme l'innocent va à l'échafaud. Arrivé en bas des marches, une goutte perlait sur mon front. Je levais péniblement la tête et regardais mes tortionnaires, oups ! parents.

Elle m'observait d'un air glacial avec ses yeux verts impériaux, elle dépassait Abraham d'une tête. Son mari, à ses côtés, me toisait d'un regard mauvais avec ses petits yeux marron et durs.

De longues minutes s'écoulèrent dans un silence absolu. Sabrina et moi ne nous quittions pas du regard. Quand elle finit par dire :

- Voilà notre merveilleux fils ! avec une pointe d'ironie.
- Bonjour, mère. répondis-je en avalant ma salive.
- Alors comme ça, on prend une pause alors que son travail n'est pas terminé ? dit-elle d'une voix tranchante comme le fil d'un rasoir.

Je levais la tête, tout en l'évitant du regard, pour lui répondre :

- J'avais presque fini et ce n'était qu'une très courte pause…
- Presque fini, mais pas fini. Je me trompe ?
- Mais… !

Elle me stoppait net.

- On ne t'a pas assez éduqué, mais ne t'inquiète pas, j'ai un ami qui viendra demain matin. Il t'éduquera comme il se doit.

Elle disait cela, et Abraham, qui avait disparu, se mit à ses côtés en lui donnant une bourse en cuir remplie de billets. C'est là que je réalisais que c'était ma bourse en cuir, avec l'argent que j'avais « emprunté » toutes ces années. Je n'avais même pas remarqué qu'Abraham s'était éclipsé, malgré sa chevelure blond platine plaquée en arrière qui reflétait la lumière.

- Où… ?!

Dis-je d'une petite voix étranglée.

- Tu croyais nous le cacher longtemps ? Cesse de te faire des illusions, nous ne sommes pas sots à ce point.

Elle glissait la bourse dans la poche de son manteau de fourrure.

Et jouait avec ses cheveux rouge sang de sorte à faire une boucle, puis regardait son mari comme un ordre muet.

- Maintenant, retourne dans ta chambre !

S'écriait Abraham avec sévérité.

Une haine et une colère sans nom m'envahirent le cœur. Je les confrontais avec un regard noir, nourri d'une énergie inconnue, qui les fit reculer d'un pas. Je tournais les talons et montais me réfugier dans ma chambre.

Quelques minutes plus tard, ils m'enfermaient à triple tour, comme tous les soirs. Mais cette fois-ci, je ne me laisserais pas faire.

Demain matin, ils comptaient me vendre. Je me demandais pourquoi aucune aide sociale n'était passée. Pourquoi étais-je si confiné dans ce manoir ? J'avais la réponse, ils usaient de leur pouvoir pour m'effacer de la société. Comment était-ce possible, rendre un humain invisible ? Tout le monde devait être corrompu, sans sourciller. Peut-être n'était-ce pas la première fois ? Rien que d'y penser, j'avais une boule d'un mélange entre la haine et la peur qui me serrait la gorge. J'attendis une heure, puis je me mis en action.

Je n'avais que deux solutions. La première : passer par la fenêtre. Ce qui revenait à du suicide, car on était au troisième étage. Une corde de fortune ne serait pas assez longue pour me permettre d'atteindre le deuxième étage, avant de me briser la nuque. La seconde solution : crocheter la serrure de ma porte.

Et justement, je m'étais beaucoup entraîné, en prévision de ce jour. Je n'avais jamais eu le courage de le mettre à profit, mais, ce soir, ça permettrait de survivre. Je sortis l'épingle à cheveux que j'avais subtilisée à Sabrina. J'entrepris donc, à l'aide de l'épingle, de compter combien la serrure avait de goupilles. Je la glissais dans l'interstice, la ramenais vers moi en raclant les goupilles. J'en sentis six. Pas de chance, cela allait me prendre plus de temps.

Je pris une autre épingle, la tordis de façon à faire un < L >, pour pouvoir la mettre dans la partie supérieure de la serrure.

Puis, avec l'autre, j'appuyais sur les goupilles qui résistaient jusqu'à ce qu'elles soient toutes alignées.

La dernière finie, j'utilisais la deuxième épingle pour tourner et ouvrir la serrure.

Clack !!! Un bruit immense résonnait dans le couloir, je fis le premier tour. Je craignais d'avoir réveillé toute la maison, alors j'attendis.

Rien. Je continuais à déverrouiller la serrure, jusqu'à ce qu'elle soit complètement ouverte.

Les séries de claquements mettaient mes nerfs à vif.

Après plusieurs minutes, j'ouvris délicatement la porte, jetai rapidement un coup d'œil, pris mon sac, puis m'engouffrai dans le couloir. J'avançais sur la pointe des pieds, en essayant de ne faire aucun bruit. Seulement, plus facile à dire qu'à faire, avec un plancher qui grinçait à chaque mouvement. Je réussis tout de même à passer au deuxième étage sans encombre. À partir de là, cela devenait plus facile. Le sol était fait de carrelage et la chambre de mes possesseurs se trouvait au bout de l'aile droite du manoir. Donc, aucun risque à ce niveau-là.

Par contre, ouvrir la porte d'entrée serait plus risqué, les échos pourraient finir par les réveiller.

C'était avec cette idée en tête que j'avançais tout en observant le manoir, que je n'étais pas près de revoir. Du moins, je l'espérais. Éclairé par les rayons lunaires qui traversaient les fenêtres, je jetais un rapide coup d'œil aux alentours, pour prendre le nécessaire, qui me permettrait de vivre quelques jours sans mourir de faim, de soif ou du manque d'hygiène. Dans la salle de bains, je trouvai un miroir de poche avec quelques décorations. J'hésitai, mais vu qu'il ne prenait pas beaucoup de place, je le fourrai dans mon sac avec le reste de mes affaires. Il me serait toujours possible de l'échanger, contre de quoi manger. Une fois mon sac plein à craquer, je commençais à prendre la direction de l'entrée du manoir.

J'observais et me rendis compte à quel point cet endroit empestait la richesse : colonnes de marbre, vases, tableaux…

Si j'avais le malheur d'abîmer cette fortune, ils m'enfermeraient dans la cave, une semaine sans manger, ça m'était arrivé. J'arrivais finalement devant la porte d'entrée.

Je sortis mes outils, crochetai délicatement la serrure.

Et ce fut avec un stress immense que je finis par déverrouiller la porte, qui ne fit pas autant de bruit que la précédente. Jusqu'à ce que je l'entrouvre et qu'une alarme assourdissante se mette à hurler. Mon cœur manquait d'exploser dans ma poitrine.

Il ne fallait pas traîner, je pris mon sac et sortis en courant.

Chapitre 2

Tout bascule

Le vent me fouettait le visage, l'air était glacial. Je descendis le petit escalier de pierre, courus vers le portail, l'escaladais tant bien que mal et débouchai dans la rue.

Je regardais à droite, puis à gauche. Sans réfléchir, je m'élançais à gauche. Je courais à en perdre haleine. Je ne regardais même pas où j'allais, je finis par arriver sur une place de marché. Pas âme qui vive, l'endroit était désert, les magasins fermés. Le ciel était dégagé et permettait à la lune d'éclairer au mieux. J'avançais prudemment, je m'attendais à être suivi.

Le froid me pénétrait, me faisant grelotter ; je ne m'étais pas assez couvert. Je me demandais si j'arriverais à passer la nuit sans finir en bonhomme de neige.

J'étais vêtu d'un simple T-shirt à manches longues noires, d'un jean bleu foncé et de vieilles baskets délavées.

Soudain, je m'arrêtai. Une intuition, de l'instinct, appelez ça comme vous le voulez, mais quelque chose attirait mon attention. Une force telle de magnétisme me fit avancer lentement, mais inexorablement, vers cette petite et sombre ruelle. Particulièrement discrète, on pouvait y passer devant sans même la remarquer. Je finis par être assez proche pour en apercevoir l'intérieur. Elle était sinistre et humide. Un filet lunaire l'éclairait. J'apercevais un objet qui faisait réfracter la lumière.

En approchant, je pouvais en distinguer la forme. C'était un collier qui représentait un dragon noir aux ailes repliées, enroulé autour d'une épée. Il faisait les trois quarts de mon pouce et semblait scintiller en dehors du reflet, comme s'il éclairait de son propre chef. Je me baissais, le touchais du bout des doigts. Il était chaud. Je le passais autour de mon cou. Le collier étant aimanté, il était facile de l'attacher.

Soudain, je ressentais sa chaleur. Elle était douce et apaisante. Elle traversait tout mon corps, et je me sentais vibrer. Ma vue s'obscurcissait, et tout devenait noir. J'étais comme expulsé et aspiré à la fois. Ce sentiment de vide absolu autour de moi me donnait un haut-le-cœur. Une vive lumière m'éblouissait, malgré mes yeux fermés. Je m'écrasais contre un sol meuble. J'ouvrais les yeux doucement, m'habituais à cette forte luminosité, avant de contempler l'endroit où j'étais tombé.

Il faisait jour, et des champs s'étendaient à perte de vue. Le temps était nuageux, et une pluie fine tombait. J'étais au pied d'un olivier d'environ cinq mètres de haut. Mon poids en olives pendait à ses branches. Un homme, qui semblait avoir été taillé dans la pierre, travaillait dans un champ en contrebas. Il se tournait, interpellé par mon entrée fracassante, puis se mettait à hurler de terreur.

- Dracon !!!

Et il détalait comme un lapin en direction d'un petit chemin qui serpentait entre les champs labourés.

Quelque chose me semblait bizarre. Tout était plus distinct, clair et précis. Mes sens tournaient à plein régime. Le chant des oiseaux m'indiquait exactement leurs positions. Des odeurs me parvenaient à tout-va, si bien que j'en avais la nausée. Même mon corps ne me semblait plus m'appartenir, les informations tourbillonnaient dans mon crâne. Il me fallait un bon moment pour m'habituer, que les maux de tête et les nausées disparaissent.

Une idée me traversait l'esprit. Je prenais mon sac, l'ouvrais et en sortais le miroir de poche. Je me penchais, regardais dedans et me retenais de hurler. Mes dents s'étaient allongées tels des crocs. Mes oreilles, devenues pointues, partaient comme des pointes de flèches. Mais ce qui me terrifiait le plus, c'étaient mes yeux : le bleu électrique brillait de mille feux. Reptiliens, tels ceux d'un serpent, mes yeux me faisaient frissonner. J'essayais de garder mon calme et cherchais l'origine de tout cela. J'avais atterri là en mettant le collier, peut-être que si je le retirais, je reviendrais dans cette ruelle. Au moment où je prenais le collier dans ma main, une question se posait :

Voulais-je vraiment y retourner ?

Je ne savais pas où j'avais atterri, mais tout y paraissait bien plus beau. De plus, ils me cherchaient sûrement. Malgré la peur, je ne savais pas où j'étais, et cela ne pouvait être pire. C'était donc avec un stress immense que je le retirais. Rien, absolument rien ne se produisait.
Même pas un voyage interdimensionnel. C'était avec étonnement que je me sentais soulagé. J'étudiais alors le collier.
La lame sur laquelle s'accrochait le dragon était noire, avec inscrit légèrement en relief : *"Larme de Dragon"*.

Les yeux du dragon étaient faits de lapis-lazuli, d'un bleu se rapprochant des miens. Son corps, taillé dans le jais, était d'un noir brillant et profond à la fois, avec quelques effets bleutés. Ses griffes ainsi que le bout de ses ailes, qui s'étaient déployées, étaient à base d'or blanc, ce qui leur donnait une couleur argentée avec des reflets d'or. Le pommeau et le manche de l'épée étaient en or pur. Ce que j'avais entre les mains était si précieux que je manquais de le faire tomber. Je remettais le collier autour de mon cou et le regardais pour m'assurer qu'il semblait décidé à me faire rester ici.

Tout se brouillait dans mon esprit ; je ne pouvais être plus perdu. Pourquoi tout cela m'arrivait-il ? Je n'avais rien demandé, et pourtant le destin s'acharnait sur moi. Je me disais cela tout en caressant la tête du dragon, par stress, par instinct, je ne savais pas. Je me sentais alors sourd, aveugle et lent. Je ramassais le miroir à mes côtés et me regardais. Mon corps était revenu à la normale. Mes dents n'étaient plus pointues, et mes oreilles ainsi que mes yeux n'étaient plus reptiliens.

Je me posais et analysais la situation. Le collier m'avait amené quelque part, mais je ne savais pas où. Donc, mon objectif était de découvrir où j'avais atterri. Ensuite, le collier me faisait changer de forme quand je caressais la tête du dragon. Je réessayais pour m'en assurer, et cela fonctionnait. Mes oreilles partaient en flèche, mes dents s'allongeaient, et mes yeux changeaient. Le paysan avait parlé de "dracon" avant de s'enfuir. Je supposais donc que cette forme était un dracon, même si je ne comprenais pas vraiment ce que cela signifiait.

Ça faisait beaucoup à digérer, mais je n'avais pas tellement le choix si je ne voulais pas devenir fou. Je prenais quelques minutes, le temps de me remettre les idées en place, puis je regardais où aller.

Logiquement, quand on est effrayé, on se réfugie là où il y a le plus de monde. Or, le paysan avait pris un petit chemin en s'enfuyant. Ma déduction était que ce petit chemin menait à une ville ou un village. Je me levais, prenais mon sac et partais en direction du chemin. J'arrivais alors dans un petit village qui comptait quelques maisons délabrées. La plupart étaient faites de bois et de paille, d'autres de pierre. Je me trouvais sur la place centrale du village. Je voyais que chaque homme et femme était affairé à une occupation. Pourtant, quelques personnes s'étaient attroupées devant une maison et tentaient d'entrer sans succès, appelant l'homme à l'intérieur. J'entendais deux gaillards qui commèraient sur cet homme, disant qu'il s'était enfermé chez lui en demandant pardon aux divins.

Je m'écartais et allais interpeller un homme de bonne taille, à l'allure joviale, qui tirait une charrette remplie à ras bord de ballots de bois.

- Bonjour.

Il hochait la tête tout en me faisant un grand sourire, sans pour autant s'arrêter pour m'écouter.

- Excusez-moi de vous déranger, mais je suis perdu.
- Et d'où viens-tu, mon petit ?

Je trottais presque pour pouvoir rester à sa hauteur. Ne sachant quoi répondre, je lui donnais le premier mensonge qui me venait :

- Je vivais avec ma mère, sur une grande montagne isolée de tout, jusqu'à sa mort. Elle ne m'a rien appris de ce monde. Pourriez-vous m'aider ?

Je faisais une tête la plus implorante possible. Il me dévisageait longtemps, perplexe. Mais c'était avec un grand soulagement qu'il me répondait, le regard plein de compassion.

- En quoi puis-je t'aider ?
- Pourriez-vous me dire où nous sommes et comment se nomme ce monde ?
- Ce monde ? me répondait-il d'un air interrogateur.
- Oui, le nom du continent, si vous préférez.
- Ah… Je vois ce que tu veux dire. Effectivement, tu as dû être sacrément isolé.

Je secouais la tête d'impuissance, priant pour ne pas être un trop mauvais acteur.

- Très bien.

Il se prenait la pointe de son menton en poil de biquette et réfléchissait quelques courtes secondes à comment me répondre.

- Pour commencer, tu es dans le village de Qinsley. Ensuite, notre continent s'appelle Asthropie. Nous sommes rattachés à la ville qui se trouve au bout de ce chemin.

Il me montrait du doigt le chemin qui reprenait au nord du village, permettant d'en sortir.

- Elle se nomme Arckange. Fais attention, c'est une très grande ville, peut-être la plus grande d'Asthropie. me précisa-t-il, avant de reprendre sa charrette.

Je le remerciais et je partais en direction du chemin.

Chapitre 3

L'épée des trois jours

Je suivais la voie indiquée par l'homme. À la sortie du village, de grandes plaines s'étendaient à perte de vue. Le vent balayait les herbes mi-hautes, jaunies par l'hiver, créant ainsi des vagues d'herbes sèches. C'était un hiver doux ; un léger vent frais et la petite pluie traversaient mes habits peu épais, ce qui me faisait frissonner. Le chemin de terre se transformait peu à peu en pavés. Au bout de ce qui me semblait une éternité, je commençais à apercevoir de hautes murailles. Plus j'approchais, plus les murs semblaient toucher le ciel. La route menait à une immense double porte, dessinée dans la pierre. Mesurant près d'un tiers de la muraille, elle était entourée de douves profondes, dont le pont-levis, tout aussi démesuré, permettait de traverser. La direction que j'avais empruntée était rejointe par des chemins venant de toutes parts.

Beaucoup de circulation allait et venait entre l'extérieur et l'intérieur de la ville. Je me fondais dans la foule, passais la grande porte et pénétrais dans l'enceinte d'Arckange.

Je parvenais jusqu'à une grande place, où s'organisait un immense marché. Jamais je n'avais vu autant d'activités, ainsi que de couleurs vives réunies en un seul et même endroit. Les cris poussés par les marchands, pour attirer la clientèle, venaient de toutes parts. À vous faire perdre la tête, ce brouhaha incessant sonnait comme une mélodie à mes oreilles.

Sans même comprendre ce qui m'arrivait, quelque chose me tirait par le cou et manquait de me faire tomber. Je relevais la tête et voyais un garçon avec quelques cheveux blancs qui dépassaient du foulard dans lequel il était emmitouflé. Un peu moins âgé que moi, il tenait mon pendentif d'une main ferme, tandis que la chaîne restait encore autour de mon cou. Voyant que mon collier restait solidement attaché, il était pris de panique et s'enfuyait à travers la foule. Pris par le doute, j'enlevais mon collier sans difficulté. Je comprenais donc que le collier ne pouvait être enlevé de force, ce qui était plutôt une bonne nouvelle pour moi.

Je regardais les différents étals du marché, quand j'apercevais une vendeuse d'armes. Je m'approchais tant bien que mal et observais les épées, soigneusement fabriquées, qui étaient posées sur un comptoir. Deux personnes tenaient boutique derrière : un vieux forgeron, rouquin à l'épaisse barbe, qui semblait s'écrouler sous le poids des années, et une jeune femme aux cheveux flamboyants, d'une vingtaine d'années, qui débordait d'énergie. Ils tenaient de vifs débats avec les clients.

Le vieux forgeron tournait la tête et m'apercevait. Il se figeait, puis avançait rapidement vers moi, me prenait par l'avant-bras et m'entraînait dans sa boutique. Trop surpris pour réagir, je ne me débattais pas. Il me lâchait pour enlever deux bâtons qui soutenaient l'auvent. La jeune femme, que je supposais être sa fille, avait tout juste le temps de s'écarter pour ne pas recevoir l'auvent en pleine figure.

- Mais pourquoi t'as fait ça ?! hurlait la jeune femme. En pleines négociations, tu fermes boutique ! Tu es fou !

Le forgeron restait silencieux, prenait mon collier avec douceur et le contemplait dans le creux de sa main abîmée. Après quelques secondes de silence, il murmurait :

- Ce collier représente ta vie, Carole.

Elle nous regardait, perplexe.

- Que veux-tu dire ? interrogeait-elle.

Le forgeron soupirait.

- Il y a entre quinze et seize ans, sachant que j'étais le meilleur forgeron de la ville, des bandits t'ont kidnappée durant la nuit. Ni les gardes ni personne ne les avait vus entrer et sortir de la ville. Ils avaient laissé une lettre stipulant qu'ils voulaient une rançon de cent mille drams contre ta libération, avec un lieu et une date. Tu n'étais âgée que de cinq ans à l'époque, et je n'avais pas les fonds nécessaires. Ces idiots pensaient sûrement que je les avais. Il aurait fallu vendre la boutique, mais je n'en avais pas le temps. J'avais perdu tout espoir. J'étais prêt à prendre les armes, sachant que je n'avais pas la moindre chance. C'est là qu'il est apparu.

- Qui ça ? demandait Carole.

- Un homme encapuchonné frappa à ma porte. Sa tenue était bien trop abîmée pour que cela soit naturel. Il parlait d'un ton calme mais très froid. Le marché qu'il m'avait proposé paraissait simple : la plus belle et solide épée que je n'avais jamais forgée, contre la vie de ma fille. Alors, bien entendu, je me ruais sur mon établi et lui montrais l'intégralité de mes armes. Mais ce n'était pas ce qu'il attendait. Il me disait qu'il voulait que je forge l'épée avec les matériaux qu'il avait en sa possession. Il sortait alors de sa besace deux drôles d'écailles noires et un gros os. Je les examinai, et tu ne me croiras pas, ma petite, mais il me certifiait que cela avait appartenu à un Dragon !

Je crus que les yeux de Carole allaient sortir de leurs orbites. Mais elle gardait le silence, passionnée par l'histoire tout autant que moi.

Le forgeron reprenait :

- Quand je lui demandai où il avait obtenu pareille chose, il refusait de me répondre. Je lui demandais comment savoir si je pouvais lui faire confiance. Il me disait que, de toute façon, je n'avais guère le choix : seul, je n'avais aucune chance de te sauver. J'acceptai, seulement ces matériaux ne pouvaient être forgés qu'à très haute température, du type volcan. Le seul volcan en activité le plus proche se trouvait à environ une demi-journée à vol d'oiseau. Le temps manquait et je devais transporter le matériel. Il m'assurait que cela ne poserait aucun problème. Il demandait la liste d'outils, puis m'emmenait dans un coin désert, me bandait les yeux et m'assommait.

    À mon réveil, j'étais aux côtés du volcan avec tout mon matériel. C'était un volcan quasi plat, dont la lave effusive mettait du temps à se refroidir. Le volcan idéal pour forger. La terre noircie craquelait sous mon poids. Le soleil commençait à se lever, traçant une ligne rosée grandissante et se pâlissant au fur et à mesure que les minutes s'écoulaient. À mon doigt, une bague à la lueur rouge m'enveloppait d'une aura, comme une bulle protectrice. Je tournai la tête et le vis en train de regarder une carte. Je m'approchai et lui demandai ce qu'il regardait. Il me montra une croix, tracée à la craie rouge. Il m'indiquait que c'était là que les bandits étaient établis. Il me rappela que le message précisait qu'il ne me donnait que trois jours pour payer, ou sinon…

Un grand silence se fit à cette phrase.

Je lui demandai alors en combien de temps il récupérerait ma fille. Il me répondit d'un grand calme :

- Suffisamment pour que cela ne vous inquiète pas.

À mon regard suspicieux, il me mettait en garde :

- Vous n'avez qu'un seul travail, et il a intérêt à me plaire pour le bien de votre fille. Je vous rappelle que le temps s'écoule toujours. Trois jours, cela peut passer très vite.

- Sur ses mots, de la poussière m'aveuglait. Il avait disparu. Le jour se levait et je devais commencer sans perdre de temps. J'installai mon matériel à côté de la coulée de lave, qui descendait en pente pour aller se jeter dans le lac à proximité. Je pris les écailles et l'os du Dragon et les fis fondre à l'aide de la lave effusive dans un moule en titane. Fondre des os est impossible, me direz-vous, sauf que les os de Dragons avaient les mêmes propriétés que le métal.

Il nous regardait alors avec les yeux d'un môme à qui on avait offert un nouveau jouet. Presque aussitôt, il se renfrognait et reprenait son ton sérieux.

- Peu importe, je les avais mis en fusion séparément, afin de pouvoir les travailler. S'ensuivit une longue période où je répétais le processus. Le soleil était au plus haut dans le ciel, quand un coup de vent fit s'élever de la poussière. L'homme encapuchonné venait de revenir. Je finalisai la forme de la lame, quand il me prit par l'épaule et me dit qu'il était allé jeter un coup d'œil au camp des bandits, où ils t'avaient amenée, Carole. Il me disait qu'il avait vérifié qu'ils ne te feraient aucun mal pendant trois jours. Un poids s'enlevait de mes épaules, peut-être parce qu'il venait d'enlever sa main.

- Papa !!! Ce n'est même pas drôle… s'indigna Carole.

- Excuse-moi d'essayer de détendre l'atmosphère.

Avec un sourire en coin et des petits ricanements, il reprit son histoire.

- Pour adoucir l'épée, je la fis chauffer et l'enveloppai dans de la perlite expansée (roche volcanique que l'on a extrêmement chauffée et condensée dans un four), cette petite merveille est incombustible. Bref, je l'enveloppais de cet isolant pour la faire refroidir très lentement. Mais au moment de la recouvrir, l'homme encapuchonné sortit une fiole remplie d'un liquide rouge épais. Peut-être du sang, me dis-je, puis il le versa sur l'épée, de la garde à la pointe. Une fois fini, il m'autorisait à continuer. La lame refroidissait pendant plus de vingt-quatre heures. J'y gravai son nom sur le plat de la lame, y inscrivant les mots « *Larme de Dragon* ». Je faisais chauffer la lame à haute température, avant de la tremper dans une cuve d'eau froide. Cela permettait de la durcir. Puis, je la faisais chauffer à une température plus basse et la trempais aussi pour la rendre solide, mais souple. Je répétais le second trempage pendant environ deux heures. Je mettais tout mon savoir dans ce second trempage, qui permettait de rendre la lame solide, mais pas cassante.

Pour finir, je préparais le manche que j'avais conçu pendant le long refroidissement de la lame, qui avait pris plus d'un jour. Le manche était fait en os de Dragon. Deux pointes courbées partaient des deux côtés de la garde en direction de la lame. Une tête de Dragon était sculptée sur le pommeau. Le tout était recouvert de cuir que l'on m'avait fourni, avec de fins traits d'os de Dragon qui ressortaient pour un meilleur agrippement.

Je terminais enfin vers dix-huit heures du troisième jour. J'y avais mis toute mon âme, dans l'espoir de revoir ma fille. L'homme releva la tête. Assis sur sa chaise, il lisait un bouquin. Il se leva, vint à mes côtés, et regarda l'épée avec un grand sourire. « Elle me plaît beaucoup », dit-il en tendant la main vers elle. « Ma fille, d'abord », rétorquai-je en ramenant l'épée vers moi. « Entendu », répondit-il avec un grand sourire plein de canines. Et je sombrai dans l'inconscience. À mon réveil, je me trouvais dans mon atelier, mes outils autour de moi et l'épée toujours dans mes mains. Reprenant mes esprits, j'entendis toquer à la porte. Je me levai péniblement et allai ouvrir.

Devant la porte, l'homme à la capuche tenait ma fille par la main. Un homme au visage fin, presque féminin, l'accompagnait. De profonds cernes creusaient ses paupières mi-closes. Ses cheveux longs et ondulés, teintés d'un léger vert, se remarquaient malgré l'obscurité. Il était vêtu d'un assortiment de même couleur, brodé au fil d'or, ses vêtements tenaient sur ses épaules lasses. Le tissu découpé en ruban tombait jusqu'à ses hanches. Il attendait, somnolent sur le palier. L'homme encapuchonné te disait, à toi, Carole, de venir me rejoindre. Le regard totalement vide, tu te rapprochais et t'endormais dans mes bras. Il me disait alors qu'il t'avait hypnotisée et que tu ne garderais aucun souvenir de ces trois derniers jours. Après m'avoir installé sur le volcan et montré le repère des bandits, il était allé te sauver. Il partait de temps en temps te nourrir chez lui, là où il t'avait gardée tout ce temps.

J'avais envie de le frapper, mais trop heureux d'avoir récupéré Carole, je m'abstenais. Il me tendit alors sa main, réclamant son dû. Avec hésitation, je finis par la lui donner. L'épée en sa possession, il se tourna vers l'endormi qui l'accompagnait et échangea quelques mots. Puis, sur un hochement de tête, comme un accord commun, il lui tendit l'épée. Elle se mit alors à briller de mille feux et m'aveugla à cause de l'obscurité de cette heure tardive. Elle tomba en collier dans le creux de ses mains, avant qu'il ne la repasse à l'homme à la capuche.

Le vieux forgeron avait terminé son histoire. Il me regardait droit dans les yeux.

- Ce collier est celui que tu portes au cou.

Je prenais mon collier dans la main et me demandais pourquoi je l'avais trouvé dans cette ruelle. Le forgeron me tira de mes réflexions d'une grosse voix, qui sonnait comme un avertissement.

- Je ne sais pas comment il t'est revenu et je m'en contrefiche. Tu as intérêt à en prendre soin. J'y ai mis toute mon âme dans cette création.

Je remarquais alors à son doigt une bague argentée incrustée d'une pierre rouge. Il m'emmenait à la porte de derrière et me fit sortir.

Chapitre 4

Le jardin de la rose d'or

Aussitôt dehors, la cacophonie reprenait, mais la pluie, elle, s'était arrêtée. Ne sachant où aller, j'errais dans les rues, jusqu'à me retrouver devant un immense amphithéâtre à l'architecture romaine, qui, comme toutes les structures de la cité, avait une couleur entre la pêche et le saumon. Dans ce genre de lieu, on ne venait pas voir des cours ou des pièces de Shakespeare, mais plutôt des tripes à l'air et du sang en abondance. Devant l'entrée, deux immenses gardes casqués ne laissaient entrevoir que leurs petits yeux de serpent. Derrière eux se tenait une immense porte faite de métal. Il y avait aussi un porte-affiche, sur lequel on pouvait lire :

« Avis aux guerriers et guerrières avides d'or et de combats, le vingt Auvos se tiendra le premier tournoi du chevalier Dragon d'Arckange. Toute personne voulant y participer devrait verser la modique somme de cinq drams. Tout être, espèce et âge à partir de treize ans sera accepté. Cinquante mille drams ainsi que le titre de chevalier Dragon étaient à la clef. Pour toute inscription, allez vous renseigner au guichet sur votre droite. »

Je continuais mon chemin, traversais les rues les unes après les autres. Je débouchais sur une grande place remplie de monde. Une fontaine en forme de dragon trônait en son centre. Les ailes déployées, de l'eau jaillissait de sa gueule. Il y avait une plaque avec des inscriptions. Je n'y prêtais pas attention, car un attroupement se créait à ma droite. Je m'approchais et j'apercevais une dispute musclée entre deux hommes. Ils semblaient tous deux de bonne famille. À ce que je pouvais comprendre, à travers les cris d'encouragement et les paris, il s'agissait d'une histoire d'héritage. Dans cette masse grouillante, j'apercevais un foulard qui me semblait familier. Le garçon qui avait tenté de voler mon collier faisait des va-et-vient dans la foule, aussi discret qu'un chat en chasse. Les gens étaient trop distraits pour s'apercevoir qu'ils devenaient plus légers. Puis il déguerpit à toute allure, s'extirpant de la foule.

- Ma bague !!! hurlait une femme en fondant en larmes.

Je me lançais à la poursuite du garçon aux cheveux blancs, qui s'engouffrait dans une ruelle. La foule se regardait avec méfiance, tout en s'assurant que leurs affaires étaient bien à leur place. J'entrais à mon tour dans la ruelle. J'entendais des cris d'indignation et d'accusation, tandis que je m'y enfonçais. J'ai aperçu le garçon tourner à droite, au bout de ce long et étroit chemin. J'y arrivais à mon tour quand, soudain, je me retrouvais à terre, les fesses en l'air.

- Pourquoi tu me suis ?

Je me relevais, un peu sonné et le pantalon mouillé. Mais c'était vrai, pourquoi est-ce que je le suivais ?

- Euh… répondis-je d'un air désolé.

Il me jugeait de haut en bas, cherchant à savoir si je représentais une menace. Il avait les yeux d'un bleu limpide, comme celui d'une eau claire et pure. Ses cheveux blancs, en bataille sous son écharpe usée, retombaient sur son visage enfantin. Plutôt petit, on on aurait dit un angelot. Ce qui me marquait le plus, c'était sa peau blanche, comme du lait, et ses lèvres rosées. Malgré son apparence angélique, il montrait clairement qu'il était prêt à en découdre.

- Tu veux te venger ? demandait-il en regardant mon collier.
- Non. Je suis juste perdu, et comme tu avais l'air de bien connaître cette ville…

Il me scrutait à nouveau, cherchant à savoir si je disais la vérité.

- Imaginons que je connaisse un tant soit peu cette ville, qu'est-ce que j'y gagne ?
- Je n'ai rien de valeur, mais tu me dois bien ça, tu as essayé de me voler.

N'ayant rien d'autre à proposer, j'espérais qu'il serait clément. Il semblait plongé dans une grande réflexion, hésitant. Enfin, il prenait la parole :

- J'ai deux offres.

Il regardait mon collier avec envie. Je lui renvoyais un regard assassin. Il haussait les épaules.

- C'est toi qui vois. Viens ! Suis-moi ! Allons dans un endroit plus calme.

Il m'entraînait à travers les routes et les chemins, bifurquant à droite et à gauche, pour m'amener devant un grand mur en pierre taillée. Nous en faisions le tour, jusqu'à arriver près d'un tonneau. Il le poussait, révélant en dessous un couvercle fait de branches et de paille. Sans un mot, il le soulevait. On aurait dit un très gros terrier. Il plongeait dedans la tête la première et disparaissait. J'entendais des bruissements de feuilles et de branches. J'attendais une douzaine de secondes avant qu'il ne m'invite à le rejoindre. Je passais sous le mur, les membres collés à mon corps, tel un serpent mal formé. Je sortais de ce trou restreint, non sans difficulté.

Je m'émerveillais devant le spectacle que m'offrait la nature. Un labyrinthe de vie et de couleurs s'étendait devant moi. Des haies de végétation sur une pelouse d'un vert émeraude. Le chant de quelques oiseaux dans les arbres fleuris me faisait lever la tête. Malgré la saison hivernale, tout était en fleur et il faisait bon. Des fleurs qui ressemblaient à des pensées, des jonquilles et d'autres compositions florales longeaient le mur, s'affirmant par-ci par-là. Le mystérieux garçon m'invitait à le suivre près d'une fontaine. Il s'asseyait calmement et tapotait à côté de lui sur le rebord. Je m'installais et attendais. Il inspirait et expirait longuement, profitant de cet air pur, et je faisais de même.

Il finissait par prendre la parole après un long moment. Il parlait d'un ton calme et posé, tout en expirant :

- Tu sais, tu es la troisième personne à pénétrer dans ce jardin.

Il éclatait de rire.

- Tu verrais ta tête ! Je suis sûr que toute la ville paierait pour voir ça.

Il riait encore durant une minute, essuyant les perles humides sur ses paupières.

- Eh oui ! Le proprio, moi, son gardien, et un garçon qui a besoin d'une petite visite guidée.

- Son gardien ?

Son visage s'éclairait de plus belle. Il paraissait ravi que je lui pose la question.

- Sache que la réponse va faire partie du marché que nous allons faire.

Curieux, je l'encourageais à continuer.

- Ce jardin est mon oasis. Je viens m'y abriter quand ça ne va pas et, en échange, le proprio me demande de le protéger, surtout son cœur.

Il me pointait une allée.

- Là-bas, il y a une rose en or au pouvoir de vie ou je ne sais quoi, qui fait fleurir le jardin, et j'en ai la garde.

Il me regardait d'un œil méfiant, comme s'il craignait que je bondisse dessus. Mais, à vrai dire, j'étais tellement perdu que je n'eus pas la moindre réaction. Son regard suspicieux laissait place à un doute plus doux.

- Bon, prêt à faire notre marché ?

- D'accord, mais il y a une question que je me pose. Tu es un voleur, pourquoi ne la voles-tu pas ?

Il eut un sourire amer.

- Nous y voilà. Sache que je ne vole pas par plaisir.

Il commençait à retirer son foulard, ses cheveux blancs tombaient devant ses yeux. Il hésitait un instant avant de l'enlever totalement. J'y vis alors une monstruosité.

- La marque des esclaves, mon ami ! Alors, notre marché consisterait à ce que tu m'achètes et que tu m'affranchisses. Je te paierais le double de ce que ça t'aura coûté. Qu'est-ce que t'en penses ? Tout le monde est gagnant, non ? Et en prime, je te ferais visiter la ville.

Il prenait l'air le plus enjoué possible, mais sa voix trahissait sa détresse, peinant à dissimuler son désespoir.

- Écoute, j'aimerais beaucoup t'aider, mais je n'ai pas le moindre argent.
- Ce n'est pas grave, ça prendra le temps qu'il faudra, mais aide-moi, je t'en supplie ! Je te rendrai le triple si tu veux !

Il disait cela avec un tel désespoir que je ne pouvais refuser. Ne sachant rien de ce monde ni de ce que je devais y faire, je me fixais un objectif : lui rendre sa liberté. Je le regardais droit dans les yeux et lui faisais une promesse, certes infantile et inconsciente, mais sincère. Je savais trop bien ce que c'était que de vivre en cage.

- J'accepte, je ferai tout ce qui est en mon pouvoir pour t'aider jusqu'à ce que tu sois libre.

Chapitre 5

30 000 drams

Il fondait en larmes avant de se reprendre.

- Merci…

Il l'avait dit en expirant, expulsant toute son angoisse.

- Bon, il nous fallait fixer le prix de ta libération.

J'éprouvais un profond mal-être en prononçant ces derniers mots.

- Oui, pour ça, il nous fallait aller voir mon maître. Mais on ne pouvait pas y aller comme ça.
- Pourquoi pas ? soufflait-il.
- On ne pouvait pas y aller comme des fleurs, clamant ma délivrance.
- Euh…
- Si on faisait ça, tu allais te faire envoyer balader et moi… et moi…
- Il se mettait à trembler, ses mains agrippaient son collier.
- Qu'est-ce qui t'arriverait si ça ratait ?
- Je serais puni…

Il serrait encore à s'en faire blanchir les doigts. Je prenais la parole d'un ton d'apaisement :

- Calme-toi, réfléchis, tu as juste à me dire quoi faire.

Il relâchait sa prise et se mettait à réfléchir. Après quelques minutes, il m'exposait ses idées :

- Déjà, il fallait que tu aies l'attitude d'un gosse de riche. Il fallait faire semblant de ne pas vraiment me connaître, tu avais juste remarqué mes talents et tu souhaitais m'acheter. Pour l'argent, ce n'était pas un problème, mais il y avait de grandes chances qu'il te propose un prix faramineux. Il fallait que tu fasses semblant de réfléchir et d'accepter, mais il fallait refuser une deuxième offre qui te paraîtrait trop généreuse. Le premier prix vaudrait déjà sûrement le double de ce que je lui rapportais en vol par an. Elle devait donc atteindre environ vingt-cinq mille drams.

- Euh, j'avais bien compris que votre monnaie, c'était le dram, mais à quoi ça correspondait ?

- Un dram équivalait à vingt gi. Par exemple, un pain de famille valait entre trois et cinq gi. En gros, avec vingt-cinq mille drams, tu avais à peu près ça…

Il écartait les bras comme s'il enveloppait toute la maison qui dépassait du jardin. Il éclatait de rire :

- Ne t'inquiète pas, pas besoin de faire cette tête, on allait y arriver. Par contre, tu devais venir de sacrément loin pour ne pas connaître cette monnaie, elle était utilisée sur tout

Asthropie. Cela a peut-être un rapport avec tes drôles de vêtements ?

Je regardais mes habits et mes baskets dans ce monde un poil médiéval.

- Hmm... Si j'arrive à te libérer, je te dirai d'où je viens.

- Ça me va.

- Dis-moi, t'as quand même une vague idée pour l'argent ?

- Quelques-unes. Il y a le vol ; si tu es doué, ça peut nous prendre environ douze ans, peut-être plus.

- Personnellement, je ne suis pas pressé, mais tu n'as rien de plus rapide ? En plus, je ne suis pas sûr que le vol soit fait pour moi.

- Oui, tu n'as pas tort. Sinon, es-tu un bon combattant ?

- Vu comme tu m'as projeté au sol tout à l'heure, on a vu meilleur.

- Hmm... Si tu tiens réellement à aller plus vite, il y a bien le tournoi dans trois jours. Ça me laissera le temps, même s'il est court, de t'entraîner.

- Pourquoi pas ? Et puis j'ai quelques tours dans ma manche.

- Il y a plutôt intérêt, car, à mon avis, il y aura au moins cinq mille participants.

- QUOI !!!

- Tu avais dû remarquer que c'était une grande ville, c'était même la plus grande du continent, elle comptait environ deux millions cinq cent mille habitants.

- La vache !

Il riait de nouveau :

- C'est une expression de chez toi ? Mais promets-moi une chose, au moindre danger, tu abandonnes. Même si ça prend plus de temps pour récupérer l'argent, je préfère que tu restes en vie.

- Ne t'inquiète pas, ça va le faire, et au moins j'aurai essayé. » « Avec les cinq drams de participation, ça fait un investissement.

- …

Il avait un petit sourire mesquin.

- Au moins, maintenant, tu as une raison supplémentaire de donner ton maximum.

- Oui.

Je le regardais avec une détermination sans bornes. Il avait l'air ému, même gêné.

- Tu sais, la rose dont je te parlais tout à l'heure ?

- Oui ?

- Je t'ai menti, elle se trouve à l'opposé.

- Je comprends… Tu es le gardien, tu n'étais pas obligé de me le dire.
- Mieux que ça, je vais te la montrer, je sens que je peux te faire confiance.

Je le suivais sans un mot, jusqu'à une embouchure. Je sentais alors une énergie à la fois rassurante et régénératrice qui m'irradiait tout le corps. Elle semblait centrée sur une rose d'or qui se trouvait au milieu d'un cercle de végétation. Des fleurs aux mille couleurs poussaient en cercle, comme pour protéger spirituellement cette rose. Je me sentais bien, toute la fatigue accumulée semblait s'être évaporée, ainsi que la douleur causée par mon père adoptif. Mes forces me revenaient, et j'étais prêt à affronter un lion. La rose n'avait pas encore éclos. Repliée sur elle-même, elle attendait sûrement d'être parfaite.

- Alors ?

Je sortais de ma torpeur.

- Je… c'est… Je ne crois pas qu'il y ait des mots pour décrire à quel point c'est magnifique.

Il souriait et semblait s'interroger avant de rire.

- Qu'est-ce qu'il y a ?
- Eh bien, depuis que l'on s'est rencontrés, aucun de nous deux n'a pensé à demander son nom à l'autre.

Je riais à mon tour.

- Tout s'est passé tellement vite que je n'ai pas pensé au plus basique.
- Reprenons. Salut, moi c'est Atheos.
- Salut, moi c'est Nico, c'est l'orphelinat qui me l'a donné.
- Tu viens d'un orphelinat ?
- Oui, je te raconterai quand on t'aura libéré.
- Ça marche.

Nous restions plantés là, tels deux saules. J'aurais aimé rester là, à me nourrir de cette énergie. Bouger au gré du vent et prendre le soleil jusqu'à la fin. Mais une voix nous sortait de notre douce transe :

- Alors, Atheos, depuis quand as-tu des amis ?

Un vieil homme habillé d'un noble assortiment rouge sombre s'avançait derrière nous. Il prenait grand soin de lui : ses cheveux et sa barbe, plus blancs que gris, rattrapés par le temps, étaient soigneusement coiffés et taillés. Sa barbe était coupée court et sa moustache finissait en pointe. Une forte odeur de pin le suivait. Des rides sur sa peau tirée faisaient le tour de ses yeux, longeant ses pommettes. Il m'était impossible de décrire la couleur de ses yeux, un tel mélange de coloris me semblait impossible. Je me mettais sur la défensive, prêt à agir. Mais plus il se rapprochait, plus je ressentais de la curiosité et non de l'agressivité. Il était grand, fin, et, malgré tout, la vigueur se lisait sur son visage. Ses yeux paraissaient avoir vu mille vies.

- On vient de se rencontrer. Il s'appelle Nico.

- Il vient de loin, ton ami, non ?

Atheos me regardait, ne sachant pas quoi répondre. Je lui disais d'une voix timide et hésitante :

- Oui, monsieur.

Cela l'amusait beaucoup.

- Alors, dis-moi, petit, d'où viens-tu ?

J'allais prendre la parole, mais Atheos me coupait.

- Il m'a promis de me le dire quand on aura réglé mon problème.
- Très bien, j'ai compris. Mais de quel problème s'agit-il ?

Atheos baissait les yeux.

- Vous savez, "mon problème".
- Ah, d'accord, je comprends, mon garçon.

Je m'interrogeais.

- Quand allons-nous voir ton maître ?

Il me regardait, ahuri.

- Je te rappelle que nous n'avons pas le moindre sou.

Le vieil homme nous regardait d'un air inquiet.

- Comment comptez-vous récolter la somme nécessaire ?

Atheos lui répondait et lui expliquait notre plan peu fiable. Une grande compassion se lisait sur son visage. Il toisait longuement Atheos, et je crus voir dans son regard une pointe de tristesse.

- Très bien. Allez-y et invitez-le à venir me voir. Je lui verserai l'acompte, quant au reste, dites-lui simplement qu'il recevra l'argent dans quinze jours. Il n'est pas assez bête pour se faire avoir par votre petite comédie. Je compte sur vous pour gagner et me rembourser.

Atheos se jetait dans ses bras et se remettait à pleurer de plus belle.

- C'est bon, c'est bon. Je ne mérite pas autant de larmes, mon enfant. Je ne te rachète pas ta liberté non plus, je vous donne seulement un coup de pouce.

- C'est déjà beaucoup, Xal. Merci…

Après qu'Atheos se fut remis de ses émotions, nous partions pour retrouver son maître. Sur le chemin, nous parlions de tout et de rien, préparions toutes les stratégies possibles et imaginables. Nous rigolions beaucoup et, durant le trajet, il détroussait une dizaine de personnes. Il m'apprenait également que le tournoi durerait douze jours. D'après ses explications, la ville était en forme de cercle. Elle possédait quatre entrées : nord, sud, est et ouest. Le palais se trouvait vers le centre de la cité. Le village de Quinsley était au sud d'Arckange. Quant à la maison du vieil homme, proche du palais, elle était entre lui et la porte sud. Au bout d'environ une ou deux heures de marche, avec quelques détours, nous arrivions à destination.

Une immense demeure, sombre et discrète malgré sa prestance, se dressait devant nous. Elle semblait tout l'opposé de celle du vieil homme. Là où le bois raffiné apportait une certaine chaleur à la bâtisse, celle-là, de pierres taillées ternes et malgré cette noblesse, paraissait froide. Entre plusieurs grands bâtiments, elle devait être perpétuellement à l'ombre. J'observais cette grande maison, quand un puissant « ATHEOS !!!!! » me faisait sursauter.

Des petits se jetaient sur mon nouvel ami. Il s'amusait quelque temps avec eux. Je remarquais avec dégoût les colliers qui serraient leur cou, les mêmes qu'Atheos. Je restais silencieux, l'air grave. Les petits me remarquaient alors.

- T'es qui ?

Ils s'attroupaient autour de moi, ils étaient une bonne dizaine.

- Il s'appelle Nico, c'est mon nouvel ami. Soyez gentils avec lui.

- D'accord ! s'écrièrent-ils en chœur.

La grande porte s'ouvrait. Un homme bedonnant et recouvert de breloques en tous genres apparaissait devant nous. Il avait trois cheveux qui bataillaient sur une plaine aride. Une barbe grise volumineuse recouvrait complètement son cou. Ses joues et son nez légèrement rosés, ainsi que sa forte odeur d'éthanol mal recouverte par l'abondance de parfum, laissaient suggérer que le marchand d'esclaves ne buvait pas que de l'eau.

- Quel est cet attroupement ? Vous faites un de ces boucans !

Les enfants se mettaient en un éclair au garde-à-vous. Le visage figé, tous en ligne, ils attendaient les ordres. Tout en se grattant le crâne, il observait la scène un moment avant que son regard ne se pose sur nous. Atheos prenait immédiatement les devants.

- Ce garçon souhaiterait m'acheter.

Il échangeait aussitôt son air sévère contre un air plus jovial, avançant de quelques pas vers moi.

- Donc vous possédez une certaine fortune ?

L'odeur alcoolisée de son haleine me piquait les yeux. Je jetais un rapide coup d'œil vers Atheos, il hochait la tête discrètement en signe d'encouragement. Je me lançais.

- Oui, quel est votre prix ?

Il levait les yeux au ciel, l'air faussement pensif, et se grattait son crâne désertique.

- Cela me fait mal au cœur, vous savez, c'est qu'il me rapporte gros, ce gosse.

Il semblait réaliser que nous avions le même âge.

- Enfin, presque adulte. il souriait, gêné, avant de se racler la gorge. Tout ça pour dire qu'il vaut son pesant d'or.

Je haussais un sourcil, pourquoi mettait-il autant de temps ?

- Bien ! Mon prix sera trente mille drams, et encore, c'est un cadeau.

J'allais accepter, mais il me coupait aussitôt que j'ouvrais la bouche :

- Non, finalement, quarante-cinq mille.

Je prenais l'air offusqué.

- Je refuse, ça dépasse ma limite. Trente mille ou rien.

Il haussait un sourcil, visiblement surpris par ma fermeté.

- Trente-cinq mille, je vous le redis, il me rapporte gros.
- Trente mille.

Je lui tendais la main, déterminé. Il poussait un soupir, à peine exagéré, avant de céder et de me serrer la main.

- C'est d'accord. Va pour trente mille.

Chapitre 6

La chaleur d'un foyer

Ne laissant aucunement paraître mon soulagement, je lui promettais de lui apporter l'argent dès que possible. Cela n'avait pas l'air de lui plaire.

- Dans combien de temps ?

Je me rappelais les consignes du vieil homme. Mais quel était son nom ? Xal, Atheos l'avait appelé Xal.

- Xal vous versera l'acompte. Quant à moi, je vous verserai l'argent d'ici quinze jours.

Il eut un regard méfiant durant une dixième de seconde et reprenait son air jovial.

- Entendu, mais je vous préviens, s'il y a un meilleur acheteur, je prends. De plus, il sera inscrit dans le contrat que si je n'ai pas l'argent d'ici quinze jours, je garderai l'acompte. L'acompte sera d'un tiers du dû.

Je faisais mine d'être plus confiant que je ne l'étais.

- Un quart.

- Très bien, mais je le veux dès aujourd'hui. Maintenant, les contrats, venez, allons signer tout ça.

Je le suivais jusque dans la maison. Nous montions à l'étage et entrions dans son bureau. Il s'assit, je m'assis à mon tour. La pièce était sombre, comme tout le reste de la maison. Il sortait d'un tiroir deux papiers épais et jaunis, inscrivait rapidement les termes du contrat et les retournait face à moi. Je lisais avec attention, pour voir s'il avait modifié quoi que ce soit. Une fois certain de ne pas m'être fait duper, nous signions, prenions chacun un exemplaire, et il m'accompagnait jusqu'à la sortie. C'est avec une joie non dissimulée que le marchand d'esclaves me laissait partir, avant de m'adresser ces dernières paroles :

- Je vous remercie d'avoir fait affaire, vous ne le regretterez pas.

La porte claquait aussitôt derrière moi. Je tournais les talons, l'air déterminé, mais je n'avais qu'une envie : partir en courant. Arrivé au détour de la rue, je me laissais tomber contre le mur, essoufflé. La tension étendue dans tout mon corps se relâchait peu à peu. Le débat n'avait duré qu'une dizaine de minutes, mais avait été très éprouvant. Une main sur mon épaule me fit sursauter. Atheos me regardait avec un sourire, inquiet avec une pointe de soulagement.

- Bon, eh bien, on a fait le plus facile, il ne manque plus qu'à récupérer l'argent.

Je reprenais de l'assurance, je ne voulais pas lui faire défaut.

- Une simple formalité.

- On va voir si cette "simple formalité" ne va pas te tuer.

Nous partions donc pour son dédale végétal. Une fois arrivés, il nous emmenait directement à la rose d'or. Nous nous mettions en face à face. Atheos me regardait, l'air déterminé à m'en faire baver.

- Au moins, on peut se donner à fond sans trop de risques de se blesser.
- "Sans trop de risques", tu ne me rassures pas, là.

J'eus un petit rire nerveux, mais il restait stoïque. Il se mettait dans une drôle de position, le pied gauche en avant, le bras gauche aussi.

- Attaque !

Je jetais un coup d'œil à la rose et en ressentais les effets. Me disant que je ne pouvais pas le blesser, je me décidais à attaquer. Je chargeais sur lui, prenant de l'élan pour lui asséner un coup de poing. Au moment où j'allais frapper, le monde basculait, et je me retrouvais par terre. Je fixais le ciel et soufflais. J'étais encore les fesses en l'air…

- Tu m'expliques ?

La tête entre les jambes, Atheos, à l'envers. C'était la deuxième fois que je prenais une rouste. Je comptais bien lui rendre la monnaie de sa pièce.

- Comme t'as pu voir, je ne suis pas bien musclé, du coup, j'utilise ta propre force et ma rapidité pour te frapper.
- C'est vrai que j'ai ressenti que l'on m'agrippait le bras avant de me soulever.

- On recommence ou tu continues à prendre le soleil ?

Je me remettais en position et retentais. Cette fois-ci, il m'attrapait le bras en fonçant sur moi, passait sa jambe droite derrière les miennes et mettait sa main droite sur mon cou. Il me poussait. Je me retrouvais plaqué au sol, le bras droit immobilisé, et il ne m'étranglait pas par bienveillance. Ces petits affrontements duraient plusieurs heures. Atheos ne ménageait pas ses coups, mais il prenait soin de m'expliquer chaque défaut et chaque qualité des miens. J'analysais chaque attaque, chaque technique et chaque position. J'apprenais toujours un peu plus jusqu'au moment où la nuit tombait. Atheos me demandait :

- Tu as un endroit où dormir ?

- Non, pas vraiment.

- Je m'en doutais, suis-moi.

Cette fois-ci, malgré les bifurcations dans le labyrinthe, j'essayais de retenir le chemin. Nous arrivions devant la maison. Elle était grande, le toit était en rectangle, avec des fenêtres en vitrail. Des lampes accrochées tout autour de la demeure, éclairées d'une lumière douce. Elle ne semblait pas provenir de flammes. Une terrasse de bois longeait toute la bordure de la maison. Nous montions trois marches pour y accéder. Atheos frappait fort la double porte en chêne massif. Après avoir attendu une dizaine de secondes, la porte s'ouvrit, laissant place au vieil homme, ravi de nous voir.

- Bonsoir, Xal. Pouvons-nous rester chez vous pour la durée du tournoi ?

Le vieil homme souriait, ouvrait plus grand la porte pour nous laisser passer.

- Allons, Atheos, tu sais que tu seras toujours le bienvenu ici.

Nous le remercions à tour de rôle et entrions. Spacieux et chaleureux, je pensais que ce sont ces deux mots qui définissaient le mieux l'intérieur. Le hall possédait un tapis couleur bordeaux en son centre. Dans le mur du fond, une cheminée illuminait la pièce. Deux canapés, un fauteuil et une table basse nous séparaient d'elle. À quelques mètres de la cheminée, après la pièce à gauche de laquelle sortait une odeur alléchante qui m'indiquait que c'était la cuisine, un escalier de bois en colimaçon menait à l'étage. Une large porte fermée à droite laissait penser à une dernière pièce. La décoration était vraiment à l'image de son propriétaire. J'étais en pleine contemplation du lieu, quand le vieil homme m'en tira.

- Si vous preniez un bain ? Je pense que vous en avez besoin.

Il est vrai qu'avec tout cet entraînement, le stress et la marche, nous ne devions pas sentir la rose. Atheos m'emmenait à l'étage, pour me montrer où se trouvait le bain.

- Honneur à l'invité, je te laisse y aller en premier.

Je le remerciais et entrais, là aussi, tout était somptueux. Une baignoire sabot blanche trônait au milieu de la pièce. Une chose m'interpellait, où se trouvait le robinet ? Je me sentis un peu bête d'avoir pensé que dans un monde médiéval, je trouverais une douche moderne. J'entendis toquer, puis la voix d'Atheos.

- Je crois que t'as oublié un truc.

Je lui ouvrais et le vis porter un seau d'eau chaude. Je le lui pris et m'excusais.

- Excuse-moi, je n'ai pas l'habitude. Là d'où je viens, on ne prend pas la douche comme ça, enfin plus.

- Ce n'est pas grave, de toute façon, tu m'expliqueras dans quinze jours.

Il me souriait, comme complice d'une grosse bêtise. Je hochais la tête en signe d'approbation et allais remplir mon bain. Je fis plusieurs allers et retours pour remplir la baignoire. Une fois cela fait, Atheos me passait des habits propres, plus adaptés à mon environnement. Je me dépêchais de me laver pour laisser à Atheos de l'eau chaude. Une fois sorti du bain, je descendis pour le prévenir que le bain était libre. Ils étaient installés près de la cheminée. Il montait à son tour et je restais avec le vieil homme. Tous deux, nous étions confortablement installés, lui dans le fauteuil et moi dans le canapé. Il m'avait laissé une tasse de thé et des tas de gâteaux sur la table basse qui nous séparait. Je me délectais de ce moment de sérénité et de confort. Le vieil homme ne prononçait pas un seul mot jusqu'au retour d'Atheos, voulant me laisser à mon bien-être. J'étais à la moitié de mon thé et la bouche pleine de miettes, quand Atheos vint s'installer à côté de moi. Le vieil homme finit par prendre la parole.

- J'imagine que tu ne connais pas mon nom, alors laisse-moi te le présenter. Je m'appelle Xal.

- Merci de nous accueillir chez vous, monsieur Xal. J'ai entendu votre nom, avant d'aller rédiger le contrat d'Atheos.

- Je vois, eh bien, je me représente, ravi de faire ta rencontre. Comme je l'ai dit à Atheos, vous serez toujours les bienvenus ici.

Atheos et moi finissons notre thé, quand Xal reprit.

- Alors, comment se passe votre projet ? Sirion, le marchand d'esclaves, est venu me voir pour l'acompte.

Atheos se décidait à prendre la parole. Il racontait toute notre journée à Xal, dans les moindres détails. Il écoutait attentivement jusqu'à la fin de son récit et, une fois fait, il parlait à son tour :

- Vous oubliez un petit détail dans votre démarche...

Moi et mon ami nous regardions avant de l'interroger du regard.

- Vous avez oublié l'inscription au tournoi de Nico.

À nos têtes déconfites, il reprit :

- Ne vous en faites pas, je m'en suis occupé. J'ai bien vu que vous étiez pris. Mais ce n'est pas tout, il y a également ton affranchissement que vous avez oublié. C'est un coût à ne pas sous-estimer, après la somme colossale que vous avez à payer auprès de son « maître ».

Il prononçait son dernier mot avec dégoût. Atheos lui demandait s'il avait une idée approximative du prix.

- Je suis allé me renseigner pendant votre entraînement, il vous faudrait compter dix milles drams supplémentaires.

Atheos soupirait de soulagement.

- Cela ne change pas notre plan initial. La somme remportée devrait nous rapporter plus que le nécessaire à mon achat. Enfin, encore faudrait-il gagner…

Je me redressais et dis d'une voix sûre.

- Je vais gagner, il n'y a aucune autre alternative.

Xal me sourit.

- En voilà de l'assurance ! Vous avez tout mon soutien. Atheos, vous dormirez dans ta chambre. Le lit est déjà fait, maintenant que vous êtes propres, allez-vous coucher. Il faut que vous vous leviez de bonheur demain matin.
- D'accord, merci. À demain.
- Bonne nuit, les garçons.

Atheos se levait et m'entraînait à l'étage. Nous passions devant la salle de bains, dans un long couloir jusqu'à sa chambre. Dans la chambre d'Atheos, il y avait un grand lit, que nous partagions, allongés côte à côte, regardant le plafond. Après quelques minutes, Atheos brisait le silence.

- Tu sais, tu peux te lâcher ici.

Je tournais la tête vers mon ami. Il me regardait fixement, il attendait patiemment. Je ne sais pourquoi, mais une larme se mit à couler. Cette première larme, annonce d'une averse, fut déclencheuse d'un long sanglot. Pour un jeune garçon, malgré l'habitude des coups et des trafalgars du destin, cela restait dur à encaisser. Il fallait que la pression sorte. Atheos, muet et immobile, me laissait évacuer, jusqu'à ce que je sois calmé. Nous passions la quasi-totalité de la nuit à mettre en place des stratégies de combat et à passer en revue tous les défauts et qualités de mes mouvements. À peine un rayon de soleil montrait le bout de son nez, que nous nous levions pour passer à l'entraînement. Xal dut nous retenir pour nous faire avaler un petit-déjeuner. Je pensais donc à lui demander de protéger le contrat, le temps que le jour J arrive. Il acceptait et le mit en sûreté. Une fois cela fait, nous combattions pendant des heures, près de la rose d'or. J'avais même demandé à Atheos une heure ou deux d'intimité pour travailler ma botte secrète.

Durant ces heures, je pris ma forme de dracon pour répéter les gestes appris auprès d'Atheos. Mais pas que, je cherchais également d'autres talents cachés de mon collier. C'est ainsi que je trouvais assez facilement une autre forme pour mon collier. En touchant le bout de la lame enveloppée par le Dragon, je la fis se transformer en épée, la même décrite par le forgeron. Parfaitement équilibrée, courte et noir de jais. Comme si elle avait été conçue pour s'adapter à moi. Je profitais un maximum de ces heures où je pouvais l'admirer et la manier. Le soleil se couchait, la journée était passée extrêmement vite. Si bien que ce fut Xal qui dut nous rappeler l'ultimatum.

- N'oubliez pas demain à quatorze heures, Nico devra être à l'arène pour la première manche.

Il luttait tant bien que mal pour nous obliger à nous coucher. On finit par se laisser faire, dans l'idée de sortir en douce pour s'entraîner. Mais il le devinait, je ne sais comment, et nous menaçait de nous attacher au lit si nous tentions quoi que ce soit. Et vu le ton qu'il prit, il n'avait pas du tout l'air de plaisanter. Nous préférions donc écouter notre instinct et rester la nuit. Nous ne dormions pas pour autant, trop occupés à imaginer comment fêter ma victoire. Le matin, après nous être encore fait taper sur les doigts pour prendre notre petit-déjeuner, nous nous entraînions, pendant que Xal nous expliquait le déroulement du tournoi.

Chapitre 7

Le tournoi du chevalier Dragon

De ce que j'avais compris, le tournoi se composait de plusieurs parties. L'arène ne pouvait accueillir que cinq cents participants à la fois, le tournoi se déroulerait donc en dix matchs. Dix vainqueurs par match, les autres ayant perdu par forfait ou jusqu'à la mort. Une fois les dix matchs finis, les cent survivants restants se battraient jusqu'à ce qu'il n'en reste plus que cinq. Les cinq derniers se battraient en finale. Le vainqueur de la finale remporterait le tournoi, les drams et le titre par la même occasion...

Notre ordre de passage était tiré aléatoirement et je faisais partie du premier match. Xal avait pris des places pour Atheos et lui, pour qu'ils puissent me supporter depuis les gradins. L'heure du verdict arrivait et nous nous rendions à l'arène. En cours de route, Xal me donnait une petite pierre plate, de couleur mauve, avec un glyphe gravé dessus. Il me précisa que c'était un pass pour les participants et de ne pas la perdre. Nous passions les grandes portes métalliques, avant de prendre une direction différente. J'allais entrer dans les coulisses et eux dans les gradins. Je stressais énormément. Je sentais le destin de toute la vie de mon ami peser sur mes épaules. En faisant le tour, je croisais un homme posté près d'une entrée de l'arène. On devinait à son allure que c'était un soldat. Il luttait contre le froid en se frottant frénétiquement les membres quand il m'aperçut et me fit signe de me rapprocher. Il me demanda ma pierre, je la lui montrai. Il sortit une autre pierre de sa poche et les colla l'une contre l'autre. Il regarda la sienne, qui devint jaune avant de redevenir mauve.

- C'est bon, suis-moi.

Je le suivis jusqu'à une salle, qu'il déverrouillait à l'aide d'un mécanisme dans lequel il incrustait sa pierre. Elle était remplie d'armes en tous genres.

- Vas-y, choisis celle que tu veux.
- J'ai déjà la mienne, merci.

Il me regardait de long en large, curieux. Il haussait les sourcils.

- Comme vous voudrez…
- Pourquoi vous n'accueillez que moi ?
- Oh, tu n'es pas en retard, mais les autres participants sont arrivés bien avant toi. Histoire de s'étudier les uns les autres. Ne t'inquiète pas, tu as toutes tes chances. Allez, je te fais entrer sur le sable.

Il ouvrit la herse du fond, qui débouchait sur le centre de l'arène. Il me poussa et ferma immédiatement une fois que je fus passé. Je tombai nez à nez avec une foule de concurrents. J'essayais de me tenir à l'écart des masses de muscles qui me servaient d'adversaires. Malheureusement, nous étions tellement nombreux que je ne pus m'écarter que d'un mètre. Ils me regardaient, l'air de loups affamés, moi le petit agneau fragile et désarmé. Je compris alors que si je ne les impressionnais pas, j'allais être la première cible de ce jeu sanglant. Je touchai le collier et me transformai en dracon. Devant mon changement d'apparence, certains reculèrent.

J'enfonçai le clou avec mon épée, que je brandis devant moi. Sûr de mon effet, je pus me délecter de la peur qui se lisait sur leur visage. Je détestais être sous-estimé. J'entendis alors un homme crier aux spectateurs :

- Mesdames et messieurs, merci d'être venus aussi nombreux en ce jour glorieux, où se tiendra le premier match du tournoi du chevalier Dragon !!!

La foule hurla dans les gradins.

- Ils sont près de cinq cents sur le sable, prêts à en découdre et à défendre leur honneur ! Les soutiendrez-vous !?

Le déluge de cris recommença.

- Le début des hostilités débutera dans cinq minutes, le gong en sera le signal !

La foule applaudit d'excitation, pourtant je savais que quelque part, dans ces places, il y avait un vieil homme et un garçon aux cheveux blancs, qui se faisaient du souci pour moi. À cette pensée, mon cœur se réchauffa. Les doux rayons de soleil qui peinaient à traverser les nuages se reflétaient sur mon épée. Avec cette lame aiguisée dans ma main, le doute s'installa. Devrais-je vraiment m'en servir ? Ce n'était pas un jouet, je pourrais tuer des gens avec... Non, je devais tuer des gens avec, en serais-je vraiment capable ? Pourrais-je vraiment prendre une vie ou perdre la mienne ? Le prix était élevé, pour une liberté, et je ne savais combien de vies. Et c'était seulement si le plan marchait. Je pourrais déclarer forfait, partir loin d'ici. Découvrir ce monde sans verser de sang. Je serrais mon épée.

Je ne pouvais pas, j'avais fait une promesse. Jamais je ne laisserais qui que ce soit priver une personne de liberté. Et encore moins un ami, le seul que j'avais. Tous ici savaient les risques encourus, moi y compris. Si je devais mourir, ainsi soit-il, mais je ne laisserais pas Atheos mourir esclave. Je me galvanisais de courage et le gong sonnait. Tout était à la fois trouble et ralenti. Les hurlements se mélangeaient entre ceux des spectateurs et des gladiateurs. Peu m'attaquaient directement. Un combattant me chargea, je parai un coup d'épée à la verticale, puis lui mis un puissant coup de pied. Il tomba à la renverse, dans l'amas armé jusqu'aux dents. Je ne donnais pas cher de sa peau.

Tout se passait en quelques secondes, j'esquivais une lance et contre-attaquais au hasard en espérant toucher. Je n'eus pas le temps de vérifier, qu'une autre lame fondit vers moi. J'esquivai et parai beaucoup, mais contre-attaquais peu. Mes compétences d'épée étaient médiocres, j'arrivais surtout à m'en sortir grâce à mes sens sur-développés et à ma force décuplée.

Heureusement, mon épée parfaitement équilibrée m'aidait également. Elle avait un tranchant sans pareil. Rapide et légère, parfaite pour les combats rapprochés. L'adrénaline montait en moi et me faisait un bien fou. Cette puissance que je ressentais m'en faisait presque perdre la raison. Et sans le vouloir, je me mis à sourire sur le champ de bataille. Je me déchaînais comme un diable parant, tranchant, esquivant mes adversaires. Mon épée, recouverte du sang pourpre de mes ennemis, se mit à faire une danse folle, éclaboussant la piste de danse comme pour remercier les spectateurs. Je ne savais pas combien de temps s'était écoulé depuis le premier gong et je m'en fichais. Seul le plaisir que je ressentais m'importait. J'étais si fort, si fort... Ma défense préventive était devenue une attaque meurtrière. La tension de chaque muscle de mon corps me criait de tuer. Le gong retentit une seconde fois, mettant fin au combat. Je me calmai peu à peu et repris conscience du monde qui m'entourait. Le sable à mes pieds était imbibé de tellement de sang, que je me demandai combien de personnes étaient mortes pour qu'il y en ait autant. Des cadavres flottaient par centaines sur cette mer minérale coquelicot. Mes habits, unis à mon épée, poisseux et dégoulinants. Les nuages s'étaient écartés et le soleil frappait l'arène comme pour que l'on puisse mieux voir ses horreurs. Je me sentais honteux d'être en vie, d'avoir pris tant d'âmes avec une cruauté indéfinissable.

Je levai la tête vers les gradins, cherchant du regard ma nouvelle famille. J'espérais à la fois ne pas les retrouver, pour ne pas y voir la déception et le dégoût envers le monstre que j'étais devenu. Je n'y parvins pas, il y avait beaucoup trop de monde et d'agitation pour que je puisse les repérer. Ma lame redevint un collier et je retrouvai mon corps d'origine. Je regardai la centaine de vainqueurs essoufflés et recouverts du sang des perdants. Je fus pris d'un haut-le-cœur en pensant avoir participé à cette boucherie sanglante. L'homme du gong fit un discours pour nous féliciter et nous souhaita bonne chance pour la suite. Je ne l'écoutais pas, j'étais malade sur le point de vomir. La tête penchée en avant, le monde tournait tout autour de moi. Une main se posa sur mon épaule, accompagnée d'une voix masculine et autoritaire.

- Redresse-toi et regarde en l'air.

J'obéis sans discuter, n'étant pas en état de le faire. Ma nausée disparut presque immédiatement.

- Respire un bon coup en restant le nez en l'air.

J'obéis de nouveau, l'odeur du sang et des tripes s'atténuait. Ma tête ne tournait plus et je décidai de regarder l'homme qui était venu me porter secours. Le visage inflexible, il me toisait comme une chose agaçante à réparer. Sa mâchoire carrée et ses cheveux courts le rendaient d'autant plus sévère. Il était rasé de près, les sourcils broussailleux. Il était petit, moins d'un mètre soixante-dix, mais bien taillé avec des muscles saillants, les cheveux châtains et des yeux vert sombre. Ses mains étaient très abîmées, couvertes de cicatrices. Il portait une épée longue à sa ceinture, du côté droit, teintée de sang mal essuyé sur le manche. Il ne portait aucune protection et n'était vêtu que de simples vêtements.

- Ça va mieux ?

Il n'attendit pas la réponse pour tourner les talons. Je le rattrapai.

- Attendez, laissez-moi vous remercier !

Il tourna la tête, l'air fatigué.

- Non, c'est bon, j'ai autre chose à faire que parler avec un gamin à côté d'un charnier.
- Je veux seulement vous dire merci...
- Voilà, c'est fait, maintenant, si tu veux bien, je vais aller dans un endroit où l'air et la vue sont meilleurs.

Il continua sa route jusqu'à la sortie. Je lui emboîtai le pas, pour retrouver ma nouvelle famille. Cela ne fut pas trop difficile, car tous les participants restants étaient sortis en trombe, en se pressant malgré les bousculades et les tensions. Personne ne tenait à rester près d'autant de cadavres. Il ne restait donc que peu de personnes quand nous sortîmes à notre tour, je suivis l'homme scrupuleusement pour éviter de me perdre.

Une fois sorti de l'arène, beaucoup de gens m'attendaient. Ils étaient là, toute une foule à se presser pour me voir. Bien entendu, je pensais au départ que c'était pour quelqu'un d'autre, peut-être même tous les combattants, mais apparemment, ce n'était pas le cas. Ils poussaient tout le monde, public comme participants, pour me demander mon nom. J'allais répondre quand une main m'attrapa au col et m'entraîna à travers la foule, sans que je ne puisse réagir. Tellement vite, que personne ne put réagir non plus. Passant par une grande rue, je pus voir ce mur humain s'éloigner et d'un coup disparaître. En empruntant les petites ruelles, je ne voyais plus grand-chose. Nous nous arrêtâmes d'un coup et la main qui me tenait me jeta contre un mur.

- Réfléchis un peu la prochaine fois que l'on te demande ton nom !

L'homme que je suivais et qui m'avait aidé était également mon kidnappeur. J'avais mal partout, il n'avait pas retenu sa force.

- Pourquoi vous m'avez enlevé ?

Il leva les yeux au ciel en soupirant, comme une évidence.

- Tu sors de l'arène et tu te dis « Je vais être tranquille maintenant », petit imbécile.

Je le regardais avec incompréhension et il souffla une deuxième fois.

- Tu ne crois pas qu'il y a des gens qui vont profiter de ce moment pour assassiner les survivants ?

Je réfléchis et acquiesçai.

- Bon, tu n'es pas complètement bête. Donner ton nom, c'est donner ton identité. De plus, tu as montré des talents « particuliers » lors de cette bataille…

Je tenais fermement mon collier depuis le début de la conversation, et même si je ne sentais aucune hostilité de sa part, je percevais néanmoins sa force et elle était colossale. Il avait remarqué mon attention pour le collier.

- Cache-moi ça et arrête de le tenir à tout bout de champ. Tu as un endroit où aller ? Où l'on serait plus tranquilles…

Il finit sa phrase et une ombre blanche tomba sur lui. Il ne leva même pas la tête, il lui attrapa le bras et le jeta à mes côtés.

- Atheos ?!

Mon ami se leva péniblement la tête et fit une grimace. L'homme sourit.

- Tu connais ton assassin, voilà qui est amusant.
- Ce n'est pas un assassin, c'est mon ami !

Il le regardait plus attentivement, presque déçu.

- Effectivement, on dirait bien qu'il a voulu te protéger…

Il éclata de rire.

- Bon, les gamins, allons dans un endroit plus calme pour discuter.

Atheos lui répondit sèchement.

- Et si l'on refuse ?
- Tant pis pour vous. Vous y perdrez plus que moi, les mioches.
- On accepte.

La voix de Xal apparut soudainement derrière l'homme.

- Ne vous inquiétez pas, les enfants. Il est brutal, mais pas méchant.
- Écoutez le vieux et levez-vous.

Je regardais Atheos qui rangeait son surin d'un mouvement, dans sa manche.

- C'est bon, Nico, on fait confiance à Xal...

Nous nous relevâmes et suivîmes Xal en compagnie de l'homme. Nous suivîmes la direction de la maison, aussi discrètement que possible. Sans un mot, l'homme observait Xal sans cacher sa méfiance, tout en avançant d'un pas sûr.

Chapitre 8

Les dieux Dragons

Le chemin se passait sans encombre. Il se présentait sous le nom d'Ori, mais il refusait d'en dire plus. Ori veillait à ce que nous ne soyons pas suivis. Nous passions le portail de Xal et continuions d'un bon pas. Un son aigu, mais pas pour autant désagréable, nous avait arrêtés. Xal se retournait.

- Je crois que quelqu'un sonne.

- Vous ne savez pas qui est derrière, n'ouvrez pas, disait Ori.

À ces mots, une voix familière répondait.

- Je vous entends, je sais que vous êtes là. Ouvrez-moi !

Xal y allait et je vis Atheos paniquer, regardant de droite à gauche de manière frénétique. Le portail s'ouvrit et Atheos avait disparu. L'homme n'attendait pas de se faire inviter. Aussitôt, il entamait le pas dans notre direction. Je sais maintenant pourquoi sa voix me paraissait familière. Sirion, le marchand d'esclaves… Il marchait vite, d'un pas assuré et, visiblement, il était en colère. Xal le suivait de près, l'air offusqué. À environ cinq mètres, il criait autour de lui.

- Je sais que tu es là, Atheos, sors ou j'active le collier !

Mon ami sortit d'un buisson, l'air penaud.

- Tu oses mentir à ton maître !

Il levait la main et lui assénait une gifle. Atheos restait silencieux et il tendit discrètement sa main pour me dire de ne pas intervenir. Je serrais les dents, avec son collier, j'étais limité dans mes actions.

- C'était mon idée. On s'est rencontrés par hasard. J'ai donc décidé de l'acheter. Je ne vois pas où est le problème ?

Il accentuait d'autant plus sa grimace.

- Le problème, vois-tu, c'est ce que tu es !

Je ne comprenais pas ce qu'il voulait me dire. À mon air interrogatif, il se mit à rougir de colère.

- Un dracon, tu es un dracon !!! Vous m'avez caché tous les deux ta vraie nature, le contrat est rompu.

J'eus un hoquet de surprise. Xal intervint au quart de tour, mais d'une voix très calme.

- Vous n'en avez pas le droit, vous avez signé tous deux un contrat authentique et formel.

- Dans ce cas, remettez-moi le vôtre.

Je répondis d'un ton catégorique.

- Hors de question.

Il eut un sourire sadique.

- Très bien, je peux t'assurer qu'Atheos va souffrir le martyre.

Je vis les yeux de mon compagnon se remplir de terreur. Je sentis la haine m'envahir. Il levait de nouveau la main, dans le but de me faire comprendre le pouvoir qu'il avait. Avant qu'il n'ait pu abattre sa main, je me transformais et lui attrapais le bras. Nez à nez avec celui qui menaçait mon ami. Il tentait de reculer, mais je le tenais fermement.

- Si tu lui fais quoi que ce soit, je te tuerai.

Je le regardais avec le même regard que j'avais dans l'arène, le regard de quelqu'un prêt à tout. La voix tremblante, il répondit.

- Si tu me tues, tu seras exécuté aussi.

Je souris, toutes canines dehors.

- Tu crois que je n'en suis pas capable ?

L'intimidation eut l'effet escompté, et ça, je ne le sus rien qu'en regardant sa tête.

- Mais tout de même, si l'on apprend que je marchande avec un Démon, je signe la mort de mon commerce et moi avec...
- On ne dira rien, si c'est ce qui vous inquiète.

Il fit semblant de réfléchir, la peur se lisait sur son visage, et ses jambes tremblotantes avaient du mal à le soutenir.

- Entendu, si j'apprends que vous avez divulgué une quelconque information sur notre affaire, c'est lui qui en pâtira. Lâchez-moi.

Je le laissais se dégager.

- Allez, viens, tu vas trimer ce soir.

Ils partirent, Atheos le suivit en traînant des pieds. J'ai repris forme humaine et nous rentrions, muets. Le laisser partir me laissait un goût amer dans la bouche. Mais je savais que si j'insistais ce n'était pas moi qui aurais été le plus en danger. Ori et moi nous installions sur les fauteuils pendant que Xal nous préparait du thé. Ori, installé en face de moi, ne cessait de me fixer de manière étrange, comme on regarde un animal pour la première fois. Il m'étudiait, son regard laissait percevoir le doute. Ce moment gênant dura quelques minutes jusqu'à ce que Xal arrive avec le thé. Il nous servit et brisa le silence.

- Il ne va pas vous manger, messire Ori.

Ori sembla tiquer sur le « messire ». Xal lui répondit avec un regard complice. J'avais du mal à comprendre leur petit jeu et cela commençait à m'agacer de perdre du temps d'entraînement, de plus j'avais du mal à redescendre en tension de l'altercation avec Sirion. Je toussotais pour le faire comprendre. Ori le comprit et se désintéressa complètement de Xal pour reprendre son attention sur moi. Xal s'assit et Ori s'adressa à moi.

- Qui es-tu ?

Sa question, étrange au premier abord, signifiait plutôt : « Révèle-moi tout de toi. » Je lui racontais alors d'où je venais et comment je m'étais retrouvé à combattre dans une arène pour Atheos. Mon récit terminé, Ori semblait perplexe, contrairement à Xal qui lui était apparemment déjà au courant que je venais d'un autre monde. Ori reprit son sérieux.

- Sais-tu ce qu'est un dracon ?
- Pas vraiment, je sais juste que c'est le nom de ce que je deviens quand je me transforme.

Il prit l'air grave.

- C'est très bizarre, je te crois quand tu me dis que tu viens d'un autre monde, mais je peux t'assurer que les dracons viennent du nôtre.

Ne sachant pas quoi répondre, je gardais le silence.

- Il y a bien une explication, mais crois-moi, si c'est le cas, tu vas au-devant de graves problèmes.
- Quel genre de problème ?

Il secouait la tête pour chasser ses idées.

- Écoute, avant de faire des théories, il faut que tu comprennes d'où tu viens. Je vais te raconter l'histoire de ton peuple, mais également en parallèle celle de notre monde. Je vais essayer d'énoncer le moins de détails possible. Cette histoire est assez complexe, reste attentif.

Je bus une gorgée de thé, tout comme le précédent, il sentait le thym avec un arrière-goût de citron parfaitement dosé. Je lui fis signe que j'étais prêt à écouter. Il se racla la gorge et commença.

- Tout débute lors de la création de notre monde, tout comme le tien, avec ce que les scientifiques appellent la première explosion.

Peut-être parlait-il du Big Bang ?

- La différence entre ton monde et le nôtre est ce que les premiers écrits appellent l'éther. L'éther est partout dans notre monde, il traverse chaque chose, généralement sans interférer. Il fait également partie de toute chose, chaque chose possède sa propre signature d'éther. Il est omniprésent et invisible. Mais revenons à notre histoire. Lors de la première explosion, la concentration et la déflagration d'éther furent d'une telle puissance, qu'elle créa sept entités dotées d'une conscience et composées exclusivement d'éther. Elles voyagèrent durant un nombre incalculable d'années, jusqu'à atteindre Dracones Mundi.

Je l'interrogeais du regard.

- C'est notre monde, mais, généralement, on ne dit que Mundi, me répondit-il. Ces entités qui ne possédaient pas de corps physique trouvèrent cette planète remplie de vie. Un vrai trésor pour elles qui ne connaissaient que roche, métal et vide interstellaire. Elles s'installèrent et chouchoutèrent leur nouvelle maison. À cette époque, la planète était peuplée de reptiles... de gros reptiles. Afin de pouvoir mieux interagir, elles se créèrent un corps également reptilien. Les entités se nommèrent elles-mêmes Dragon. Ils étaient grands, puissants, immortels, mais surtout bienveillants. Ils équilibrèrent le climat, arrêtèrent les séismes, les volcans, etc. Tout pour que la vie sur leur maison ne soit pas perturbée. Pendant des millions d'années, ils ont regardé les reptiles évoluer et se diversifier. Mais une autre espèce avait attiré leur attention, les mammifères. Ils étaient plus petits et devaient se servir plus que les autres de leur intelligence pour survivre. À la grande tristesse des Dragons, ils ne pouvaient pas se développer. Jusqu'au jour où ils virent un astéroïde se diriger droit vers Dracones Mundi. Ils se mirent d'accord de la laisser s'écraser, de protéger les reptiles sur le continent le plus éloigné du point de chute de la météorite. Le jour fatidique, ils se forcèrent à détourner les yeux et à ne pas entendre les cris de la mort des êtres qu'ils auraient pu sauver. Cela fut assez traumatisant pour eux, d'après les premiers écrits. Mais grâce à ce sacrifice, les mammifères purent se développer sur Asthropie.

Les humains apparurent et se développèrent, tout comme les reptiles. Les Dragons construisirent chacun une ville pour les prendre sous leur aile. Chaque ville possède le nom du Dragon qui l'a gouvernée : Arckange, Meliandre, Solis, Eris, Rantas, Auvos, Henty. Leurs noms, ce sont les humains et les reptiles qui leur ont donné. Trois villes sur Asthropie, le continent humain. Trois villes sur Salar, le continent reptilien, et une légende sur la dernière, Henty la ville sous l'océan. Tous vivaient en harmonie sous la tutelle des dieux Dragons.

Dans cette paix commune, les Dragons étaient curieux, voire enviaient les humains et reptiles de ce qu'on appelle l'amour. Certes, eux aussi pouvaient donner la vie, ils faisaient leurs expérimentations sur le continent Esta. Eux aussi dans un sens aimaient, car ils chérissaient leur création et leur monde. Mais c'était différent chez leurs protégés et ils voulaient connaître cela. Après des millions d'années avec une apparence de reptiles, ils optèrent pour un côté plus humain. Ils changeaient de sexe régulièrement et connurent ce qu'était l'amour humain. Ils tentaient de se reproduire avec ceux qu'ils aimaient, mais cela ne fonctionna pas comme prévu. Leur puissance trop grande tuait le fœtus ou la mère durant l'accouchement. Cependant, pour leur plus grand bonheur, il y eut quelques exceptions. Ils parvenaient à enfanter, avec les humains les plus sensibles à l'éther. On appelle ces nouveaux êtres dracons... Moitié humain, moitié Dragon. Ils décidèrent d'arrêter, maintenant qu'ils connaissaient l'amour, il était inutile qu'il y ait de nouvelles victimes. On ne sait pas comment cela s'est passé du côté des reptiles, il n'y a aucune archive à ce sujet. Les dracons vivaient bien plus longtemps qu'un humain et possédaient la magie de leur parent Dragon. Ce d'Arckange le feu, Meliandre l'éther brut, Solis la terre, Eris la nature, Rantas la foudre, Auvos le vent et Henty l'eau. La plupart des dracons étaient nés stériles, mais pour certains ce ne fut pas le cas, seulement ils ne pouvaient procréer qu'avec des humains. Si un Dracon tentait de faire un enfant avec un autre Dracon, il faisait automatiquement une fausse couche. Ils s'adaptaient tout de même à notre société, chouchous des dieux, ils étaient même vénérés. Mais tout a dérapé, entraînant la mort de nos dieux, la disparition de ton espèce et le commencement de guerres sans fin.

Les dieux Dragons, voyant leur civilisation prospérer et grandir, continuaient leur expérience et leur exploration. Curieux dans l'âme, ils s'intéressaient à un phénomène qui nous dépassait, nous les mortels. La première explosion aurait créé des sortes de failles dans la réalité de notre monde, invisibles à l'œil nu ;Il faudrait une immense puissance magique pour les dévoiler. Malgré les recherches des humains, cela fut impossible de les trouver. Mais pour ces divinités, c'était bien différent : les localiser n'était pas si simple, mais les ouvrir était un vrai jeu d'enfant. C'est comme ça qu'ils découvrirent l'existence du deuxième monde, le tien…

C'était un monde sans éther, les dieux se retrouvaient bien affaiblis. Eux qui n'étaient faits que d'éther pur conservaient une certaine puissance et changèrent de forme pour plus de discrétion. Ils prirent une apparence complètement humaine, mais leur puissance ne passa pas inaperçue. Ils continuaient d'essayer de trouver d'autres failles. Ils n'en trouvèrent qu'une, le troisième monde…

Ori appuyait ce dernier mot, pour me faire comprendre qu'il signifiait un grand malheur.

- Le dieu Dragon Meliandre voulut partir en éclaireur, il passa le premier. Mais après un certain temps, il ne revenait toujours pas. Les autres dieux, inquiétés, décidèrent d'aller le chercher ensemble. À leur retour, Meliandre était avec eux, mais ils semblaient… changer. Ils refusaient de parler de ce troisième monde. Leur comportement était étrange, ils s'emportaient souvent et se disputaient tout aussi fréquemment. Meliandre était le plus colérique, il demandait sans cesse des duels pour mesurer sa puissance. Un jour, tous les dieux se réunirent sur le continent d'Esta, pour un combat à mort… L'affrontement pour détruire leur enveloppe charnelle fut d'une telle puissance qu'il se ressentit jusqu'en Asthropie. Beaucoup de nos maisons se sont écroulées, les animaux se suicidaient et de nombreuses personnes se sont évanouies. Le combat dura pendant plus d'une semaine sans discontinuer, avant de s'arrêter subitement. Un seul dieu était revenu, Arckange…

Il était mourant, il avait mis les dernières forces qui lui restaient pour se rendre à sa ville et faire un œuf. Un œuf de Dragon est particulier, s'ils n'en ont jamais fait, c'est tout simplement parce qu'il doit transférer son énergie vitale dans l'œuf. Cela coûte la vie du dieu et crée en quelque sorte sa réincarnation vierge. Le nouveau dieu qui naîtrait de ce sacrifice fut renommé Drasil. On ne sait pas ce qui a motivé le geste d'Arckange, mais personne ne réussit à le faire éclore. À sa mort, il avait trop peu d'énergie pour le faire seul, c'est là que les conflits ont commencé.

Avant de s'occuper de sa naissance, les différentes villes devaient décider qui en aurait la charge. Celui qui élève le jeune Dragon contrôlait la plus grande puissance qui soit. Il n'arrivait donc pas à se mettre d'accord. La guerre faisait rage entre toutes les villes et on se rendait compte à quel point les dracons faisaient la différence en termes de puissances militaires. C'étaient des êtres quasi divins, même s'ils étaient peu nombreux, leur puissance était sans égale, tout comme leur longévité. La peur de cette force finit par créer du doute. Après tout, il était possible que seuls les dracons aient la puissance nécessaire pour réveiller l'œuf et s'ils faisaient bande à part. Peut-être faisaient-ils semblant de ne pas réveiller l'œuf Drasil actuellement à Arckange, pour pouvoir s'en servir plus tard. Chaque ville commençait à les écarter du pouvoir et leur cachait l'armistice créé pour les détruire. Ils les envoyaient dans une offensive contre les dracons de chaque Ville, et une fois que la bataille faisait rage, chaque ville les trahissait. Ils les encerclaient et les capturaient. Dans la cohue, un meneur réussit à prendre les commandes et leur permit de fuir, mais malheureusement pas bien loin. Après leur percée, ils se firent massacrer. Les rares qui survécurent furent enchaînés et servirent plus d'objets de collection qu'autre chose. Et toi, petit écervelé, tu montres ta vraie nature aux yeux de tous…

Il se prit la tête dans sa main et la secouait d'exaspération.

- Dis-toi que maintenant, tu as une immense cible sur le front. Même le roi d'Arckange doit être au courant, tu ferais mieux de fuir.
- Hors de question, je ne laisserai pas Atheos.
- Si tu continues à combattre dans cette arène, tu finiras toi aussi en objet de collection. C'est pour ton bien, petit.
- Non, je lui ai promis. Je le soutenais du regard.
- D'accord, d'accord. Tu as gagné, mais il faudra en assumer les conséquences…

Je hochais la tête, j'étais prêt.

- Bon, par contre, vu ton talent à l'épée, tu ne survivras pas au prochain match. Ne prends pas cet air indigné. Agiter ton épée dans tous les sens ne t'aidera pas. Je veux bien te filer un coup de main.
- En échange de quoi ?
- Libère l'autre gamin et on sera quitte.

Il sourit et me tendit la main. Je lui souris aussi et la lui saisis, nous avions un accord. Il me serrait plus fort, je poussais un petit cri de douleur.

- C'est mou tout ça, on a du boulot.

Chapitre 9

Consumer

Les heures suivantes, je les passais à m'entraîner avec Ori dans le jardin. Il n'hésitait jamais à me mettre de vrais coups, quitte à me blesser. Malgré cela, c'était un bon professeur. Il parlait calmement, avec nonchalance, et me reprenait sur chaque mouvement. Sans les réflexes de ma transformation, il jouait avec moi comme avec un chaton. Il semblait prédire tous mes mouvements et se déplaçait avec une aisance qui me dépassait. La rose d'or me soignait en permanence, ce qui permettait à Ori de s'entraîner de manière dure, mais efficace. Nous avions un peu moins de dix jours pour cet entraînement accéléré avant la demi-finale. Je consacrais tout ce temps à l'apprentissage de l'escrime, même si je devais délaisser celui de ma forme draconique. Parer, observer la moindre faille chez mon adversaire, même si cela ne me permettait pas de devenir un spadassin vétéran, je posséderais au moins de bonnes bases.

Les journées passaient très vite, et c'était déjà l'heure. Sous une pluie battante, comme à l'accoutumée, la cohue régnait devant l'arène. Ori et moi montrions nos glyphes au soldat à l'entrée, mais cette fois-ci, son regard curieux et insistant me rendait mal à l'aise. Une fois nos pass validés, nous rentrions sur le sable spongieux. Une ligne avait été tracée au milieu de l'arène pour la couper en deux. Une fois tous les candidats réunis, on entendit la voix de « l'orateur » qui s'élevait dans l'emplacement privé parmi les tribunes les plus hautes.

- Bienvenue, je suis heureux d'être de retour parmi vous pour vous présenter l'ouverture de cette demi-finale ! Séparés en deux équipes, nos candidats vont devoir se battre côte à côte avec leur ennemi d'hier ! Le combat se déroulera avec un système de points ! Chaque participant ne devra récolter pas moins de vingt points pour être qualifié ! Chaque combattant ennemi vaincu vaudra un point ! Et pour ajouter un peu de piment, les points qu'a récupérés l'adversaire peuvent être récupérés ! Il est bien naturellement interdit d'attaquer ses alliés, cela vaudrait une disqualification ! Le combat s'arrêtera quand le gong retentira, dans exactement trente minutes ! Voilà pour les règles, chers spectateurs, passons à la formation des équipes ! Que les combattants regardent leurs pass !

Je sortais ma pierre avec le glyphe gravé, une lueur bleue en sortait. Je regardais celle d'Ori qui était également bleue.

- Les équipes sont réparties en deux couleurs : bleue et rouge ! Que l'équipe rouge se mette à ma droite et l'équipe bleue à ma gauche !

J'étais rassuré d'avoir Ori dans mon équipe, si j'avais eu à l'affronter, je ne savais pas si j'en aurais été capable.

- Maintenant que les équipes se sont mises en place, nous allons pouvoir commencer cette demi-finale ! Dans cinq minutes retentira le gong qui annoncera le début des hostilités !

Ori me donnait une grande tape dans l'épaule.

- Écoute, gamin, quand le gong sonnera, je veux que tu te concentres uniquement sur toi, tu m'as compris ? Te connaissant, tu vas vouloir que l'on fasse amis-amis durant le tournoi, seulement, tu n'es pas assez fort pour regarder autre chose que toi-même si tu veux survivre. Je suis assez fort pour m'occuper de moi-même, mais ces gars sont plus coriaces que la dernière fois. Je ne pourrai pas te protéger en même temps, pigé ?

Je hochais la tête.

- Bien, tâche de rester en vie.

Je lui souriais.

- Toi aussi.

Il me sourit à son tour. Je touchais mon collier, sortais ma lame et prenais ma forme draconique. Mes sens s'affûtaient, la sensation du pommeau dans ma main moite et mes tempes faisaient écho à mes battements de cœur qui s'intensifiaient. J'avais peur. Non, en fait, j'avais hâte. Hâte de ressentir ce plaisir immense de sentir la puissance à travers tout mon corps se déchaîner sur mes adversaires. C'était comme si toute la rancœur que j'avais en moi s'expulsait sur mes ennemis. Je recevais une grande claque, derrière la tête cette fois-ci.

- Gamin, tu n'es pas concentré. Tu n'as même pas vu venir mon coup. Tu regardes le pauvre gars d'en face avec l'intention de faire un massacre. Regarde-toi, tu souris, ton regard est entre la folie et la joie. Ressaisis-toi, tu es aveuglé par la puissance. Elle te mènera à ta perte, te déchaîner comme une bête et perdre ton sang-froid comme tu le fais ne marchera pas contre de vrais combattants. Sauf lui…

Je regardais le gars d'en face, il tremblait dans son armure.

- Désolé, Ori, je vais me concentrer.
- C'est ce que je veux entendre et voir. Reculons, il ne faut pas être en première ligne.

Nous nous faufilions derrière nos alliés, malgré les regards haineux ou ceux qui décidaient de nous suivre. Le gong sonnait et les cris s'élevaient. Tout le monde commençait à s'élancer vers l'équipe opposée. On entendit alors comme une aspiration au-dessus de nos têtes. Des scintillements apparaissaient dans les airs, au milieu des gouttes d'eau. Ori me hurlait quelque chose, mais il était déjà trop tard. Les scintillements devenaient plus intenses, jusqu'à n'être que des boules de lumières. Un grand boom, puis tout devenait noir. J'ouvris les yeux avec difficulté. Mes oreilles sifflaient et mon corps était tout engourdi, avec quelques brûlures. Sur moi gisait Ori, le dos brûlé, ses habits calcinés. J'étais sonné, les sens désorientés. Seule l'odeur de la chair brûlée me paraissait distincte. Ori était tel un cadavre à qui le feu avait dévoré le dos, avec un appétit féroce. Il était immobile sur moi, la tête sur mon épaule, pendant que le monde autour s'agitait. Une flèche perdue vint se planter à côté de moi, ce qui me fit retrouver un tant soit peu mes esprits. Je posais délicatement Ori sur le ventre et me levais. Je regardais en direction de l'équipe adverse, où les combats faisaient rage. Il me fallait récupérer des points, mais avant tout, il me fallait mettre Ori en sécurité. Mon instinct me disait qu'il était toujours en vie, mais dans son état, il ne le resterait pas longtemps. Je le tirais comme je pouvais vers le fond de l'arène, où se trouvait l'une des sorties. Une fois devant, j'ai hurlé de toutes mes forces, et le soldat qui avait vérifié ma rune apparut pour ouvrir la grille sans un mot. Une fois à l'intérieur, il prit Ori et le tira dans l'abri. Quand cela fut fait, il s'empressa de refermer la grille.

Maintenant qu'Ori était en sécurité, j'allais pouvoir laisser ma haine et ma colère se déverser. Je me jetais dans la mêlée, dans l'objectif de trouver celui à l'origine des explosions. Le halo bleuté qui entourait mes alliés me permettait de les distinguer de mes ennemis, même si, dans ma folie meurtrière, j'eus d'autant plus de mal à les différencier. Mais quand je repérais un ennemi, je le surprenais par ma violence et ma force, malgré mon jeune âge, pour l'embrocher avant qu'il ne puisse se défendre. Je continuais à avancer jusqu'à n'être entouré que d'ennemis. Dans ma rage, je parvins à oublier la douleur des entailles qui venaient de toutes parts et à continuer à avancer un peu au hasard, au gré des déplacements des adversaires. Un autre sifflement se fit entendre, suivi d'un bruit d'explosion à quelques mètres, moins puissant que la première fois. J'avais repéré le lieu de lancement de ces petites bombes et son propriétaire devait assurément s'y trouver. Je souris et tranchais la gorge du chevalier en face de moi.

J'ai couru à vive allure vers celui qui avait blessé mon maître avant qu'il ne change de position. Je le vis petit, mais en même temps énorme, deux en un. Une petite créature verdâtre qui semblait aux commandes sur une bête humanoïde de plus de deux mètres, dont la peau, de teinte cannelle, était parsemée de taches jaune clair. On pouvait voir dans ses yeux rougeâtres que seule la violence la guidait. Ils étaient au milieu d'une petite zone où personne n'osait s'approcher, alors qu'ils n'étaient entourés que d'alliés. Je me figeais pendant quelques instants, n'ayant jamais vu d'autres êtres que des humains. La petite créature me remarqua, pris dans mon hébétude, et hurla quelque chose d'incompréhensible. La grosse bête tourna son hideuse tête vers moi et me fonça dessus tel un bulldozer. Je parvins à l'esquiver non sans difficulté en me jetant sur le côté. En essayant de me relever le plus vite possible pour me préparer à un autre assaut, une fiole faillit m'atteindre à la tête de justesse. En s'écrasant au sol, elle laissa une flaque dont les bulles et la fumée se mélangeant au sable ne me disaient rien qui vaille. Il pesta quelque chose dans une langue hachée à la scie, et la bête continua à me charger. Cette fois-ci, je n'eus pas la chance de la première fois, il écartait les bras et je me le pris de plein fouet. Il me propulsa cinq mètres plus loin sur un des malchanceux qui regardait le combat. Heureusement pour moi, ce n'était pas un allié et les autres réagirent beaucoup trop lentement. Je pus m'en dégager, car la puissance du choc lui avait fait perdre connaissance. Je lui tranchais la gorge le plus rapidement possible, pensant au point dont je ne connaissais plus mon nombre. Mes côtes me faisaient atrocement souffrir, malgré l'adrénaline. Je poursuivis tout de même mon attaque, mais le gong retentit. Trop tard…

Je hurlais de rage, serrant les poings pour ne pas lui sauter dessus. Je calmais ma respiration, la priorité était de connaître l'état de santé d'Ori, puis de savoir si je m'étais qualifié. Frustré, mais surtout inquiet, je courus jusqu'à la grille menant à la sortie. On m'arrêta avant que je ne puisse la franchir. Un des assistants qui s'occupaient de la bonne organisation des jeux me demanda de montrer ma rune. Ce que je fis avec hâte. Il mit la sienne contre la mienne et jeta un bref coup d'œil avant de m'annoncer que j'étais qualifié avec un score de vingt points sur vingt. Le pauvre homme que j'avais égorgé m'avait permis de me qualifier de justesse. Je poursuivis mon chemin à la recherche d'Ori parmi les coulisses, poussant les combattants épuisés. J'entrais dans l'infirmerie de l'arène, à la recherche d'Ori. Les infirmières faisaient des va-et-vient dans cette ruche de corps rafistolés. Les cris résonnaient dans la salle mal isolée. Je m'excusais de gêner le passage des soignantes, qui râlaient quand je me trouvais sur leur chemin. Les combattants, si féroces sur le sable de l'arène, se retrouvaient pour la plupart impuissants face à la douleur. Certains avaient perdu leurs membres, et les infirmières peinaient à les maintenir conscients ou à calmer leur ardeur face à leurs élancements. Allant de lit en lit, j'ai fini par trouver mon maître.

Le visage recouvert de traces noires et de sable, Ori n'avait toujours pas repris connaissance et les infirmières avaient bandé la quasi-totalité de son corps. Je n'étais pas seul à son chevet; sans savoir comment, Xal et Atheos avaient réussi à entrer malgré l'interdiction aux visiteurs. À ma vue, Atheos me sauta dans les bras. Je me retins de gémir sous la douleur des nombreuses entailles compressées par mon ami. Alors que je tentais délicatement de repousser Atheos, qui m'étreignait de plus en plus fort, Xal, qui demeurait immobile jusqu'à présent, souleva avec une facilité déconcertante mon maître brûlé. Tel un sac à patates, il le jeta sur son épaule et se dirigea d'une marche sûre vers la sortie. Nous étions tous estomaqués par le spectacle d'un vieil homme portant un gabarit comme Ori sans la moindre difficulté. Si bien qu'il fallut que Xal parcourt la quasi-totalité de la salle avant que les infirmières ne commencent à lui courir après. Seulement, Xal ne voulait rien entendre, et, malgré les protestations des infirmières, il ne ralentit pas le pas. Tiraillées entre leurs patients restants, elles ne purent bloquer longtemps son chemin. C'est avec calme et un silence absolu que Xal sortit de l'infirmerie avec Ori sur l'épaule. Hébétés par ce que nous venions de voir, Atheos et moi n'avions pas bougé. Nous nous regardâmes avec un mélange de stupéfaction et d'incompréhension avant que je ne prenne la parole.

- On devrait le suivre, non ?

Il me répondit avec un hochement de tête, et nous avons couru vers la sortie. Nous passions le rideau pourpre, qui servait de porte afin de préserver l'intimité des patients, pour arriver dans les couloirs de l'arène. Nous entendîmes les bruits des chaussures de cuir de Xal, qui claquaient sur le sol en pierre de taille. Nous étions partis à sa poursuite, mais malgré la distance parcourue, nous n'arrivâmes pas à le rattraper. Tandis que nous courions vers lui, les bruits de pas continuaient de nous distancer, et mes courbatures ainsi que mes entailles me faisaient souffrir.

Nous arrivions à l'une des entrées de l'arène, et j'étais à bout de souffle. Je dus m'arrêter, haletant, les mains sur le haut des genoux pour reprendre mon souffle. Atheos me pressait de peur de perdre Xal, mais mon corps, que j'avais surmené lors de mes combats, n'obéissait plus. Il fallut une bonne dizaine de minutes pour que mon corps cesse de trembler et que mon souffle revienne. Je me redressais, et Atheos, qui s'était posé contre un mur, me rassurait :

- Ne t'inquiète pas. On va le rattraper, il doit être retourné chez lui. Ce vieux a vraiment une force insoupçonnée. Je le connais depuis longtemps et pourtant, je ne sais rien de lui…

Je m'interrogeais également.

- Comment a-t-il pu porter Ori si facilement avec un corps si mince ? Et puis, il marche super vite !

Atheos me répondait d'un haussement d'épaules. Nous continuions donc notre marche d'un pas plus tranquille vers la demeure de Xal. Je le laissais me guider dans cette immense cité qu'était Arckange.

Chapitre 10

La boutique de Xal

C'était un hiver doux, et dehors, le vent frais me faisait rougir le nez. La pluie continuait de tomber. Sans les vêtements chauds que m'avait passés Xal, je serais sûrement tombé malade. Je devais le remercier en arrivant. Malgré le froid, l'agitation du monde qui vivait dans cette grande ville restait présente. Sur notre chemin, je reconnaissais la rue dans laquelle je m'étais rendu pour arriver à l'atelier du vieux forgeron et de sa fille Carole. Je pressais mon pendentif, quand je me remémorais l'histoire dans laquelle il avait été forgé. Qui était cet homme encapuchonné et dans quel but avais-je récupéré son collier ? Tant de mystères dans ce monde qui m'était inconnu, même s'il est vrai que je n'en savais pas beaucoup plus sur celui dont j'étais originaire. C'était avec ces pensées que nous arrivions devant une magnifique boutique florale, que nous sentions avant de l'apercevoir. La couleur de la devanture me faisait beaucoup penser à celle de la tenue que Xal portait souvent, et ce ne fut pas un hasard, car devant, il était écrit : « La grande forêt de Xal ». Je pointais du doigt le nom de la boutique à Atheos, qui me répondit avec un sourire :

- Ne sois pas étonné, tu as bien vu que Xal n'était pas pauvre. Enfin, plus que ça, il est carrément riche. L'un des plus riches de cette ville.

Il est vrai qu'il n'habitait pas n'importe où, mais la devanture de ce magasin me semblait excessivement luxueuse. Voyant ma curiosité débordante, Atheos ouvrait les portes de la boutique. Avec une grande nonchalance, il entrait, ne se souciant guère des vêtements mouillés et peu orthodoxes pour ce genre d'endroit.

- Ne t'inquiète pas et suis-moi, nous rejoindrons Ori après avoir fait un petit tour. De toute façon, avec Xal, il ne risque rien. Enfin, je crois.

Je le suivais donc dans cette petite forêt luxuriante qui se trouvait dans la boutique. À notre entrée, deux dames apparaissaient devant nous, avec une incroyable discrétion. J'avais l'impression de m'être fait attraper par des amazones. Elles avaient une tenue soignée et un parfum aussi enivrant que celui de la petite forêt. Les deux avaient leurs cheveux attachés en chignon et aucune ride sur le visage, leur donnant un aspect presque surnaturel. Elles étaient vêtues toutes deux d'une robe rouge foncé, évasée, avec un nœud et des manches bouffantes. Des extrémités de la robe s'étendaient des plantes grimpantes garnies de quelques feuilles, brodées d'un fil vert forêt, légèrement brillant. Leurs talons hauts, cirés, rehaussaient ces femmes à l'allure déjà bien hautaine.

L'une d'entre elles, dont le badge indiquait qu'elle s'appelait Soara, arrêtait Atheos :

- Bonjour, puis-je vous aider ?

Malgré sa politesse, suite à notre entrée impromptue, elle semblait retenir un rictus. Atheos lui répondait d'un air désinvolte :

- On ne fait que regarder.

Notre vendeuse gardait son sourire placide, sans émotion, à tel point que je me demandais si elle n'était pas faite de cire.

- Dans ce cas-là, je vais devoir vous raccompagner vers la sortie. La boutique a un certain prestige, j'espère que vous le comprendrez.

Alors qu'elle avançait pour tenter de nous raccompagner, Atheos ne bougeait pas d'un iota :

- Nous sommes des amis de Xal, ça ne devrait pas poser de problème. Si ?

Les deux vendeuses se regardaient, ne sachant que faire.

- Monsieur Xal est quelqu'un de très important, vous savez ? Vous ne pouvez utiliser son nom à tort et à travers.

Malgré leur calme apparent, les deux femmes cachaient une certaine nervosité.

- Nous n'utilisons pas son nom à tort et à travers comme vous le dites. Si vous voulez une preuve, nous pouvons revenir demain avec lui et dans ce cas, nous pourrons voir si l'on peut visiter la boutique ?

Il croisait les bras, et c'était sans une once d'hésitation dans le regard qu'il fixait Soara.

- Si vous pouvez attendre un instant.

Soara revenait sur ses pas, pour débattre discrètement avec l'autre vendeuse dont le badge indiquait Mina. Après quelques secondes de messes basses, dont l'inquiétude était palpable, Soara finissait par revenir auprès de nous.

- Bien, vous pouvez rester visiter. Seulement, je vous prie de ne toucher à rien. Les collections florales que vous pouvez voir sont pour certaines inestimables…

- Nous ferons attention, ne vous en faites pas.

Malgré le doute, Mina nous proposait une visite guidée.

- Si la visite vous plaît, vous pourrez en parler à monsieur Xal. Qu'en pensez-vous ?

Atheos, amusé de ce retournement de situation, et le franc-parler dont il avait l'habitude lorsqu'il était détendu, revint bien vite :

- Il ne vous aura pas fallu longtemps pour tenter de vous faire mousser.

Mina, qui était tout aussi impassible que Soara, prenait une mine entre déconfite et offusquée, rendant ce mélange presque contre-nature. Je retenais un fou rire, et les larmes commençaient à perler du coin de mes paupières. Atheos, très fier, continuait :

- Allons, je vous taquine. La boutique est très agréable, et si la visite nous intéresse tout autant, nous lui en parlerons.

Le visage décomposé reprit son aspect initial en un éclair, et elle commençait la visite.

Maintenant que nous étions les bienvenus, je pouvais l'observer avec attention, et elle le méritait. La végétation était luxuriante et foisonnait de coloris, elle recouvrait la quasi-totalité des murs et la balustrade intérieure qui surplombait la pièce. Mina nous expliquait que cette pièce regroupait plusieurs espèces florales dites communes, tout en nous faisant un topo de toutes leurs différences et origines. Elle voulait compléter par la variété d'entretien que demandaient toutes ces plantes, mais mon esprit, déjà bien malmené par toutes ces explications, hissait le drapeau blanc pour se concentrer sur les lieux.

Nous avions fait le tour de la pièce et arrivions au bout. Nous passions sous la balustrade pour pénétrer dans un passage en arche. Les étirements des murs végétalisés recouvraient également l'intérieur de l'arche. La senteur des fleurs devenait encore plus exubérante. Même si les dires de Mina les décrivaient comme communes, ces fleurs explosaient de couleurs et d'un parfum presque hypnotisant.

Au bout, le chemin se séparait en deux. Le dos d'un escalier bien épais, le seul dont on pouvait voir le bois sombre lustré non recouvert par la végétation, coupait notre route. Nous prenions le côté gauche de l'escalier pour déboucher dans une autre pièce. Cette pièce passait un palier dans la rareté de ses produits. Bien que cette visite me parût déjà extraordinaire, la suite m'en mettait encore plein les yeux.

De l'autre côté des escaliers, une pièce encore plus grande nous attendait. Les différentes expositions végétales étaient séparées dans des sortes de compartiments naturels. Chacune dans son petit monde, elles y étaient chouchoutées. On voyait que des efforts particuliers avaient été fournis pour les mettre en valeur. Le plafond scintillait d'une étrange lueur mouvante, bleutée.

- Je vous demanderai de faire tout particulièrement attention ici et de n'en aucun cas toucher à quelque chose.

Nous hochions la tête en signe d'approbation et avancions derrière Mina, qui avait repris la visite.

- Les espèces qui se trouvent ici sont extrêmement rares, car elles ont développé une capacité à utiliser l'éther. Elles s'en servent pour s'adapter à leur environnement de diverses manières, ce qui les rend exceptionnelles ! Je vais vous présenter l'une d'entre elles.

Nous approchions d'une sorte de petite jungle contre un mur, dans laquelle se trouvait une mare assez grande pour accueillir la grande plante immergée au milieu. Une longue tige sortait de l'eau pour finir sur de larges pétales diaphanes rouges. À notre approche, la plante oscillait légèrement vers nous. Ses pétales s'entrouvraient partiellement, mais pas suffisamment pour voir en son sein. Je me demandais ce qu'il y avait à l'intérieur et m'approchais pour voir de plus près. J'apercevais de manière très floue une sorte de panneau d'avertissement, que j'ignorais complètement. J'éprouvais un besoin irrésistible de voir l'intérieur de cette fleur ; elle devait avoir un parfum merveilleux. À mesure que je m'approchais, la fleur déployait ses pétales, comme un signe de bienvenue.

Tout à coup, la plante se tordait, comme prise d'une vive douleur. Elle refermait aussitôt ses pétales pour revenir à sa position initiale. Je remarquais alors la main sur mon épaule, qui me tenait fermement. Je me retournais et voyais le regard inquiet d'Atheos.

- Tu es sourd, ma parole ! Ça fait une heure que je t'appelle !

Mina avait l'air plus intriguée par Atheos que par moi.

- Eh bien, sa réaction est parfaitement normale. Cette plante, appelée le bouquet des sirènes, est connue pour attirer ses victimes avec un chant particulier avant de pouvoir les manger sans qu'elles résistent. Le plus étrange est que vous n'ayez pas été affectés par son chant…

Atheos haussait un sourcil.

- Comment fonctionne son chant exactement ?
- Pour vous l'expliquer de manière simple, elle utilise en quelque sorte son éther afin de se connecter au vôtre. Ce qui crée une attirance et une confiance aveugle en le bouquet des sirènes.

Atheos mit sa main sur son foulard, au niveau du collier.

- Dans ce cas, je comprends mieux pourquoi cela ne m'affecte pas.

Mina paraissait s'interroger, mais elle ne posait aucune question.

- Je vais vous faire voir quelque chose de plus calme.

Nous approchions cette fois-ci de grosses pierres arrondies, recouvertes de mousse vert émeraude. Parsemés un peu partout se trouvaient plusieurs petits champignons lumineux. Sur ces petits champignons semblables à un rassemblement de lucioles tournaient des sortes de moucherons.

- Contrairement au bouquet des sirènes, les phares d'Orthepio utilisent l'éther pour produire de la lumière, afin de tromper les insectes pour qu'ils viennent se déposer sur eux et se retrouvent collés.

Même si c'était très beau, cela restait tout de même moins intéressant que la plante carnivore qui chantait. Mina dut voir ma déception, car elle nous emmenait au fond de la boutique.

- Je préfère vous prévenir, la plante que nous allons voir met la plupart des clients mal à l'aise.

Dans le fond de la boutique, il y avait une sorte de petite serre dans laquelle se trouvait une sphère verte de bonne taille. Elle semblait être, elle aussi, une plante. Après avoir déposé sa main sur la serre, qui vraisemblablement était faite de verre, une porte se découpait pour venir glisser sur le côté.

- Celle-là s'appelle la nymphe jumelle. Je vais vous laisser découvrir pourquoi. Lequel d'entre vous veut chanter ou parler à la nymphe ?

Atheos ne me laissait pas le temps de donner mon avis. Surexcité, il criait de toutes ses forces sur la plante.

- Hé ho !

Mina était mécontente de la pagaille que nous causions dans sa boutique, mais encore une fois, elle ne disait rien. Il y eut une sorte de vrombissement qui venait de la plante. Durant quelques minutes, rien d'autre que de légères vibrations ne se produisait. Atheos s'impatientait et ne tenait plus en place. Alors qu'il commençait à prendre le pas pour voir s'il y avait quelque chose de plus intéressant ailleurs, la sphère verte s'ouvrit délicatement. À l'intérieur, il y avait mon ami, qui avait rétréci et avec des couleurs en moins.

Je me retournais vers Atheos, qui était figé, choqué par ce qui se trouvait en face de nous. Alors que nous restions immobiles, ne sachant comment réagir, le Atheos sans couleur, qui se trouvait dans la plante, hurlait :

- Hé ho !

Avec la même intonation que mon ami. Au bout de quelques secondes, il recommençait et répétait cela continuellement.

Mina, qui se contenait jusque-là face aux hurlements à répétition dans le magasin, n'en pouvait plus et, d'un geste de la main, fit taire la nymphe jumelle. Le Atheos sans couleurs se recroquevillait, et la sphère se refermait sur lui.

- Désolée, mais il était insupportable.

Soufflait-elle avant de nous sourire.

- J'espère que vous aurez apprécié cette visite.

Un peu déçu que cela soit déjà fini, j'avais tout de même hâte de voir comment se portait Ori. Nous prenions donc le chemin de la sortie en remerciant Mina et Sohana. Atheos leur promit de parler de cette sympathique visite à Xal.

Chapitre 11
Melopin

Une fois dehors, le changement d'odeur nous surprenait. Même si cela ne sentait pas vraiment mauvais, la différence entre l'intérieur de la boutique et l'extérieur était une claque pour nos narines. La chaleur de la boutique me manquait déjà.

- C'était sympa ! s'écriait Atheos, avec un grand sourire.

Il me regardait pour voir si j'approuvais.

- Très sympa même.

Ravi que nous soyons du même avis, il souriait de plus belle.

- Allez, en route, allons retrouver Xal et Ori.

Nous reprenions donc notre chemin en nous dépêchant. Le chemin pour aller chez Xal était toujours aussi long. Certes, c'était agréable d'être dans une aussi grande ville quand on a vécu enfermé toute sa vie, mais qu'est-ce que c'était long ! Après ce qui me semblait être une éternité, nous arrivions au portail de ce que je considérais être mon nouveau chez-moi. Nous rentrions sans sonner et cherchions Xal dans la maison qui semblait totalement vide.

- Vu qu'Ori est blessé, il a dû l'emmener à la rose d'or pour le soigner, viens.

J'avais suivi une nouvelle fois Atheos à travers le labyrinthe végétal. Après plusieurs détours, nous apercevions Ori allongé sur le ventre et Xal assis sur une chaise, qui buvait un thé à ses côtés. Une tonnelle, qui sortait à même la terre, faite de grosses branches et de feuilles, les protégeait de la pluie.

- Il aime vraiment le thé pour en boire dans une situation pareille. dit Atheos avec le sourire aux lèvres.

De plus près, Ori semblait se remettre lentement. Ses bandages avaient été enlevés, ce qui laissait voir sa peau à vif, dont les contours avaient été brûlés. Malgré l'importance de ses blessures, on pouvait clairement voir qu'il était en train de guérir. Xal posait sa tasse sur une table en bois, qui semblait être sortie à même le sol.

- Ne le collez pas trop, même s'il s'en remet, il est très faible. C'est un miracle en soi qu'il ait survécu, quand on voit l'état de son corps.

Nous laissions donc de l'espace à Ori pour venir auprès de Xal. Sur un geste de sa main, des racines sortaient du sol pour former deux chaises. Voyant que nous hésitions à nous asseoir, il nous priait de le faire.

- Ori et moi avons un lourd passé. Même s'il est différent, cela reste un fardeau pour nous.

- Vous vous connaissiez ? demandait Atheos, qui voulait en apprendre plus sur l'homme qu'il côtoyait presque tous les jours, mais dont il ne savait rien.

- Pas directement, non. J'ai simplement entendu parler de lui, et lui de moi. Il vous racontera d'où il vient s'il le souhaite et une fois remis.

- Et vous, d'où est-ce que vous venez ?

Cette fois-ci, c'est moi qui avais pris la parole. Tant de mystère me rendait curieux. Xal était réticent à nous parler de son passé et il esquivait d'une habile manière. Il se levait et partait. Atheos me regardait bouche bée.

- Il est vraiment parti là ?

Vu que Xal avait disparu de mon champ de vision en un éclair, j'en conclus qu'il avait belle et bien pris la fuite sans un mot.

- Bon, et bien on va surveiller Ori jusqu'à ce qu'il revienne…

Atheos était dépité, et je le comprenais. Il n'était entouré que de personnes dont il ne connaissait que le nom et le caractère. J'avais le même sentiment de frustration.

Durant presque une heure, je restais assis, presque endormi. Atheos, lui, tournait autour du jardin central. Une ronde infinie que j'avais arrêtée de regarder, car elle me donnait le tournis. Je finis par m'endormir. Je ne savais donc pas combien de temps s'était écoulé après cela, mais Xal revint. Il avait dans ses mains un vieux tissu très abîmé, qui s'effilochait de bout en bout. Il était tellement délavé qu'on n'en reconnaissait que la couleur d'un orange rouille. Il s'assit sur sa chaise en silence. Il regardait l'objet enrobé dans le tissu avec une profonde mélancolie. Il l'enleva délicatement et nous pûmes apercevoir une branche noueuse, parcourue de veines vertes fluorescentes. Elle ressemblait étrangement à un bras tranché net. À la vue de la forme d'une main en son bout, je compris que je n'avais pas fait fausse route. Pourquoi cette branche ressemblait-elle à un bras ? Où Xal avait-il pu trouver cela ?

Il soupirait et semblait se rendre compte que nous étions encore là.

- Les enfants, asseyez-vous avec moi.

Nous nous exécutions et venions nous asseoir auprès de lui sur les chaises qu'il nous avait confectionnées.

- Bien, je vais raconter ce qu'est ce bras et d'où vient la rose d'or dans mon jardin sur laquelle Atheos veille depuis longtemps. Ce bras appartenait à mon meilleur ami… Il se prénommait Melopin, il était le meilleur chanteur de mon pays. On rêvait d'aventure et de découverte. Mais dans ce monde, cela se transforme bien vite en naïveté. Nous avions quitté notre pays pour y découvrir de nouveaux horizons, mais à notre arrivée, nous fûmes enfermés et ceux qui purent s'enfuir furent traqués. Dans notre malheur, Melopin et moi étions toujours ensemble. Nous ne comprenions pas la langue de ce pays étranger et nous ne pûmes prévoir ce qui allait se passer ensuite. Vint un jour où nous fûmes vendus à deux maîtres différents. C'est là que je le perdis de vue. Mon maître m'utilisait dans des spectacles où tantôt je montrais ce que je pouvais faire, tantôt simplement apparaître suffisait. Après avoir passé des mois avec cet être infâme, j'attendais l'occasion pour m'en débarrasser et me libérer de mes chaînes. Ce fut un matin, il s'était trop approché de ma cage et avait baissé sa garde. Mes racines l'ont attrapé et je suis entré en lui, je vous épargne les détails. Le corps que vous voyez est celui de mon maître d'origine, c'est une revanche sur la vie…

Il marquait une longue pause dans son histoire, la raconter le faisait manifestement souffrir. Atheos mit sa main sur celle de Xal, en signe de réconfort.

- Ne t'en fais pas, Xal, prends ton temps. De toute façon, moi et Nico, on est là pour toi comme tu l'étais pour nous.

- Merci les enfants, ne vous en faites pas, tout va bien.
Il se ragaillardissait et posait tendrement sa main sur le bras de Melopin.

- J'ai cherché Melopin durant des années, mais je suis arrivé trop tard. Je ne pourrais vous décrire les horreurs que mon pauvre ami a subies… Cela était trop pour son esprit et avant de s'éteindre, il m'a légué sa descendance. Nous, les esprits, avons une manière bien différente des humains de procréer. Généralement, nous utilisons une partie de notre corps afin de créer une nouvelle vie. Nous n'avons pas non plus de sexe attribué à la naissance. C'est un concept assez flou pour nous, mais je me suis habitué à ce corps et je peux donc affirmer que je suis un homme. Revenons à la naissance de mes pairs, pour faire naître la descendance de Melopin, j'ai tranché ses deux bras. Le premier est à côté de vous, sous vos pieds.

Il regardait en direction de la rose d'or.

- Une graine germe à l'intérieur du bras, elle éclot ensuite en cette rose dorée sur laquelle Atheos veille depuis plusieurs années. Lors de la deuxième phase, elle se transforme en jeune esprit des forêts. C'est comme cela que nous, les esprits de la forêt, procédons.

- C'est pour cela que la rose d'or possède des pouvoirs ? demandait Atheos.

- Entre autres, oui.

Je sentais que Xal ne nous disait pas tout au sujet des pouvoirs de la rose d'or et je le comprenais.

- Quand est-ce que vous planterez l'autre bras ?

- Pas ici et je ne sais pas vraiment…

Atheos enchaînait les questions les unes après les autres, insatiable de réponses.

- Comment allez-vous l'appeler ?

- Je ne sais pas encore non plus. Les noms, chez nous, sont donnés en quelque sorte comme au passage adulte pour vous.

- Donc Xal est votre vrai nom ?

- C'est le nom de ce corps, mais effectivement il ne m'appartient pas. Je vais vous le traduire dans votre langue comme avec Melopin. Cela donnerait Cororieuse ou Cororieur. Il vient de ma farce préférée, qui fut reprise de nombreuses fois après que je l'eus faite. La fleur corolisses sécrète un gaz naturellement qu'un insecte raffole et les deux vivent en symbiose. La farce consistait à fermer une corolisses, qui est une fleur de jour, vers le milieu de la

>journée. Après avoir fermé la fleur et rempli de pétales au préalable, j'augmentais la dose de gaz sécrétée par la fleur. Il fallait attendre que quelqu'un s'en approche. Interloqué par la fermeture prématurée de la fleur, qu'il s'approche encore et BOUM !

Atheos et moi sursautions au geste et à l'éclat sonore de Xal.

> - Cela était très drôle, mais à force plus personne ne se faisait avoir. C'est comme ça que l'on a choisi mon nom avec ma famille.

> - Elle ne vous manque pas ?

À ces mots, il eut un regard très triste.

> - Assez parlé de moi. Vous devez être affamés entre le combat de Nico et le fait de poireauter ici depuis des heures. Ne vous en faites pas, Ori ne risque rien ici, allons manger un bout.

Chapitre 12
La finale

Nous étions retournés dans la demeure de Xal, dans l'espoir que notre occupation rende le temps du rétablissement d'Ori moins long. Xal nous sortit un jeu de cartes que je n'avais jamais vu. Il m'apprit les règles pour jouer tous ensemble et ainsi pallier l'attente. Je ne compris pas du premier coup, mais cela ne m'empêchait pas de me dépatouiller pour tenir face à mes adversaires. Atheos, qui devint bien vite un adversaire complice, faisait face à Xal, qui semblait bien trop expérimenté. Malgré que nous dissimulions au mieux notre triche, Xal n'eut aucun mal à nous débusquer. Du moins, c'était ce que je pensais, car il nous laissait faire malgré tout, et nous n'arrivions ni l'un ni l'autre à gagner face à Xal. C'était à se demander s'il ne trichait pas tout simplement mieux que nous. Après cette partie palpitante, Xal tint à me faire un topo sur le tournoi.

- Il me semble étrange que la créature qui s'en est prise à toi et Ori soit un habitant d'Arckange. Je vais me renseigner. Nico, tu n'as toujours pas le contrôle sur tes émotions. Sans la rose d'or pour guérir tes blessures, tu n'aurais pas tenu jusqu'ici. Est-ce que tu t'en rends compte ?

Bien que je savais que ce que Xal me disait était la vérité, je ne voulais pas l'admettre.

- Je n'aurais pu me qualifier si j'avais été plus "calme". L'un d'en l'autre ce n'est pas si mal. Et puis, je sais que je peux gagner.

Xal ne répondit pas et je ne pus déchiffrer son visage.
Atheos coupa le silence pesant qui s'était installé.

- Quoi qu'il en soit, l'essentiel est que tu survives, c'est tout ce que l'on te demande.

Xal hochait légèrement la tête.

- Atheos a raison, on te demande de seulement rester en vie, et le combat qui s'annonce sera le plus dangereux. Garde bien cela en tête.

Nous passions le reste de la soirée à jouer aux cartes avec Atheos. Avant que Xal ne vaque à ses occupations, nous lui parlions de Soara et Mina, qui avaient bien voulu nous faire visiter l'une de ses boutiques. Il nous demanda si cela nous avait plu et qu'il nous en ferait visiter d'autres quand il trouverait le temps.

Le temps s'écoula rapidement jusqu'au matin. Nous eûmes la bonne surprise, en nous levant, d'apercevoir Ori aux côtés de Xal à la table de la cuisine où l'on prenait le petit déjeuner. Il semblait faible, et ce qui avait été servi dans son assiette n'avait même pas été touché. Les joues creusées et des cernes profondes nous laissaient suggérer que la rose avait puisé dans ses réserves pour le maintenir en vie. Bien qu'à bout de force, il avait tenu à nous voir, avant de retourner s'allonger auprès de la rose. Après un copieux petit déjeuner, nous nous entraînions dans les jardins, mais pour une fois, pour laisser Ori se reposer dans le calme, nous n'étions pas à côté de la rose d'or. Xal nous interpella pour nous mettre à table, et nous nous empressâmes de le rejoindre. Arrivés à table, plein de bons petits plats nous attendaient comme à notre habitude. Cependant, je me rendis compte que je n'avais jamais vu personne dans la cuisine. Je questionnai Atheos à ce sujet.

- Eh bien, très peu de personnes ont l'autorisation de pénétrer la maison de Xal. Il y a bien du personnel pour le ménage et la cuisine, mais ils ne restent pas longtemps et ils sont très discrets. Si tu es attentif, tu devrais en apercevoir quelques-uns.

À la fin du repas, qui comme toujours était délicieux et rempli d'aliments que je ne connaissais pas, Xal me rapporta les informations qu'il avait dénichées.

- Concernant la créature aux gemmes explosives, il me paraissait étrange qu'elle soit considérée comme citoyenne d'Arckange. Après avoir mené mes recherches, il semblerait que ce soit Sirion qui ait fait jouer de ses relations afin de la rajouter au tournoi. Même si je pense que l'attaque qui a mis Ori dans cet état était due au hasard, rien ne dit que les prochaines ne te visent exclusivement. Fais particulièrement attention à elle. J'ai également des informations sur le déroulement de la finale et du type d'épreuves qu'ils vont rajouter.

Atheos fit la moue.

- N'est-ce pas de la triche, d'avoir des informations sur le déroulement du tournoi ?

Je ne comprenais pas sa réaction.

- Atheos, je vais peut-être me battre à mort contre une créature qui n'est même pas censée être dans le tournoi et tu te poses la question de si c'est juste ?

Il était à la fois offusqué et gêné.

- Je ne souhaite pas que tu te battes à mort pour moi…
- C'est une décision qu'on a prise ensemble. Je ferai ce qu'il faut pour que tu sois libre, c'est dans mes capacités.
- Pourquoi tiens-tu tant à te mettre en danger ? On avait dit que tu devais avant tout rester en vie !

Pour la première fois, Atheos monta d'un ton et il était au bord des larmes.

- Je vais remplir mon quota.

Atheos tourna les talons et sortit. Pourquoi s'en faisait-il autant ? Bien sûr que je n'allais pas mourir. Sous ma forme draconique, j'avais assez de force pour soulever un homme d'une main. Je l'avais suffisamment prouvé durant le tournoi, personne ne m'arrivait à la cheville, et la créature envoyée par Sirion allait payer pour ce qu'elle avait fait à Ori.

- Il reviendra. Continue Xal, que voulais-tu me dire au sujet du tournoi ?

Assez mécontent de la situation, il souffla avant de répondre.

- Ton dernier match est dans quatre jours, vous serez quatre finalistes.

- Il n'était pas censé en rester cinq ?

- Il y avait la possibilité, mais personne n'a réussi à réunir les vingt points mis à part vous quatre. Les trois autres finalistes sont : la créature de Sirion, un ex-soldat, et un homme faisant partie de la garde rapprochée du roi, surnommé le colosse du soleil. Le match sera tout sauf simple. L'épreuve sera accompagnée de bêtes qui manipulent l'éther. Il y aura une demano cendrée de la grande jungle de Méliandre. Je t'ai apporté des croquis pour que tu puisses les reconnaître une fois dans l'arène.

Sur le premier croquis tendu par Xal, il y avait une sorte de panthère qui avait été dessinée. Il y avait des sortes de mesures, mais je ne les connaissais pas.

Xal observait les flèches numérotées accompagnées de symboles inconnus. D'habitude, j'arrivais à traduire, je ne sais comment, les écrits et le dialecte de ce monde, mais là, je n'y arrivais pas.

- Tu n'as pas appris les symboles de mesures, rien d'étonnant, je te rassure, c'est assez technique. Pour t'expliquer simplement…

Il se leva pour mettre sa main au niveau de sa tête.

- La demano devrait faire environ cette taille.

Cela faisait plus d'un mètre soixante-dix, la bête devait être colossale !

- Comme tu peux le constater, c'est une grosse bête, et elle ne possède pas sa taille comme seul atout. Comme je l'ai précisé, tous les animaux que je vais te présenter ont appris à manipuler l'éther dans leur milieu naturel. La demano est capable d'altérer les sens, sois particulièrement vigilant quand tu commences à ressentir une sorte d'engourdissement. Le caraliff du désert de Solis possède une grande capacité de défense. Il possède naturellement une carapace solide qu'il renforce grâce à l'éther. Il faudra viser les yeux ou les parties intimes de la bête, ce sont les seules parties molles de son corps.

Sur le croquis, l'animal, si je devais le décrire, serait entre le rhinocéros et la tortue.

- Il est plus imposant que la demano et a tendance à foncer dans le tas, prends donc garde à avoir de la marge pour l'esquiver. Il en reste un dernier, le cynamor géant des marais de Méliandre.

Je le trouvais très similaire aux anacondas, que j'avais pu voir dans les livres de mon enfance. Mais j'imagine qu'il était encore une fois disproportionné.

- Il a la particularité de cracher du venin paralysant devant lui, il n'en manquera presque jamais grâce à l'éther. Le cynamor géant, même affamé, n'est pas agressif, mais je te déconseille fortement de lui tourner le dos ou d'être à proximité, il ne dira pas non à un repas facile.

Bon, les combats allaient effectivement ne pas être faciles, mais rien d'insurmontable. Je suis arrivé dans ce monde dans un but bien précis, et rien ne m'arrêterait jusqu'à ce que je le découvre. Avec la force que je possède et l'entraînement, certes court, mais intense avec Ori et Atheos, je pouvais le faire. Galvanisé de courage et de confiance, je retournai m'entraîner comme Ori me l'avait montré.

Quand le soleil tombait sur le jardin, je m'écroulai exténué. Allongé dans l'herbe, je repris mon souffle, quand la voix d'Atheos me parvint au-dessus de moi.

- Tu fais une pause ?

Il ne semblait plus contrarié, mais inquiet.

- Oui, sans la rose d'or, c'est dur de garder le rythme, et tout seul, je progresse moins vite à l'épée qu'avec Ori.
- Je ne pourrais pas t'aider non plus, Sirion a encore augmenté les quotas, je vais devoir être vigilant si je ne veux pas me faire attraper par la garde. En plus, la sécurité a augmenté avec le tournoi. On ne se verra pas pendant quelques jours.

Je me relevai pour m'asseoir en face de lui.

- Toi aussi, sois prudent.

Il me sourit tristement.

- Je suis moins en danger que toi.

Et sur ces paroles, il partit.

Je continuai de m'entraîner bien après que la nuit fût tombée, et cette fois-ci, ce fut Ori qui vint me retrouver dans le jardin. Il semblait toujours affaibli, mais en meilleure forme que ce matin. Les séances de cure auprès de la rose d'or semblaient efficaces.

- Tu te tiens mal et tu lèves trop ton épée.

S'il avait la force de me reprendre, c'était que ça devait aller. Il se servait de sa longue épée comme canne, pour s'appuyer. Chaque pas lui faisait tirer une grimace et il boitait. Pour autant, la douleur ne l'empêchait pas de me faire la leçon sur mes coups maladroits et mes mauvaises positions. Quand il fut à peu près satisfait, il me somma d'aller manger et me rappela que rater l'heure du repas n'était en rien bénéfique. Nous allions donc ensemble prendre le repas, doucement, car Ori se déplaçait avec difficulté. Je n'osais pas lui demander s'il avait parcouru tout ce chemin pour venir me dire de manger. Je l'aidai à monter les marches au pas de la porte, et même s'il me grommela qu'il n'avait pas besoin d'aide, il prit tout de même mon bras. Une fois à l'intérieur, nous nous dirigions vers la cuisine où un repas nous avait été laissé sur la table. Ori s'assit avec un grand soupir de soulagement et attaqua son repas mollement. Je le suivis et mangeai à mon tour. Je dévorai sans aucune bonne manière mon délicieux repas. J'avais tellement faim que je ne remarquai qu'une fois que j'avais fini, Ori, qui avait déposé ses couverts, me regardait me repaître. Les yeux lourds et le visage affaissé, il me sourit.

- Tu as bien mangé ?

La bouche encore pleine, je déglutis difficilement pour pouvoir lui répondre.

- C'était excellent, mais toi, tu n'as rien mangé ?

Il regardait avec dédain son plat qu'il avait à peine entamé.

- Ce n'est rien, je le finirai plus tard. Comment tu te sens pour la finale ?
- Je m'en fais pas plus que ça. Il faudra que je fasse attention aux grosses bêtes et ça devrait aller.

Je fouillais la cuisine à la recherche de sucreries à me mettre sous la dent. Ori me fixait sans rien dire pendant quelques minutes, jusqu'à ce que je trouve un petit gâteau sec.

- N'éprouves-tu pas de la peur ?
- Bien sûr que si, mais pourquoi devrais-je le montrer ?
- Tout le monde se fait du souci pour toi, leur montrer que tu t'inquiètes pour toi-même, les rassurerait.
- Je n'ai pas de temps à perdre avec la peur Ori, je suis suffisamment fort pour m'en sortir et si ce n'est pas le cas, alors je mourrai en étant libre.

Ori gardait le silence, l'air grave. J'avais fini mon gâteau et je ne savais pas si je pouvais aller me coucher, le silence me pesait. Sans un mot, Ori se levait, sortait de la cuisine et j'entendais la porte d'entrée s'ouvrir, puis se fermer. Il semblerait que je puisse me coucher, je montais donc dans ma chambre et me couchais seul dans mon lit. Il me semblait entendre Atheos rentrer tard dans la nuit, mais au matin, j'étais toujours seul. Le petit déjeuner, comme à mon habitude, était sur la table et le reste de la veille avait été débarrassé. Xal et Ori m'attendaient ce matin aussi, cependant aucune trace d'Atheos. Il m'avait prévenu qu'il serait moins présent durant les trois prochains jours, mais il me manquait déjà.

- Toi, tu as oublié d'aller te laver hier soir.

Xal me fit sourire, attendri.

- Cela veut dire que tu sens le canoce. Vas te laver et ensuite viens déjeuner.

Ori était moins attendri que Xal. Je ne savais pas ce qu'était un canoce, mais je ne pensais pas que c'était un compliment. Avec Atheos, c'était une habitude de se laver à une certaine heure, sans lui, j'avais perdu mes repères. Une fois propre, je descendis enfin déjeuner. Xal et Ori n'avaient pas bougé. Je remarquais que cette fois, Ori avait mangé un bout de sa tartine. Ori m'entraînait le reste de la journée, occasionnant de longues séries de pauses où il se reposait auprès de la rose d'or. Je me fis la réflexion que le mot "rose" n'avait pas de différence entre ici et mon monde, peut-être qu'à la base, elle était originaire de ce monde. Je ne le saurais jamais et de toute façon cela n'avait pas d'importance. Les trois derniers jours passaient à toute vitesse et Ori fit de son mieux pour m'apprendre malgré son état de santé. C'était déjà incroyable qu'il se remette aussi vite après les blessures qu'il avait subies.

Le jour de la finale arriva et je devais me rendre à l'arène. Quelques heures avant mon départ, Xal vint avec une tenue bien particulière. Une armure de cuir souple noire, dont le haut et les épaulettes qui l'accompagnaient étaient finement ornés.

- Essaie-le pour voir si les mesures sont bonnes.

Je m'exécutai et même si ce ne fut pas simple pour l'enfiler, elle m'allait comme un gant. Xal paraissait du même avis, car dans la foulée, il me passa des grèves, des brassards, des gantelets et des bottes en cuir noires également. Je les mis et je me sentis moins nu face aux attaques.

- Comme tu as tendance à te jeter à corps perdu dans la bataille, il te faut un minimum de protection.

Même si je n'avais pas d'idée réelle du prix, j'imaginais aisément que cela coûtait cher et que Xal me faisait un grand cadeau.

- J'essaierai de ne pas l'abîmer, promis.

- Ne t'en fais pas pour ça, ce n'est que matériel.

Sur ces mots rassurants, je me rendis à l'arène. Ori tint à accompagner Xal malgré sa difficulté à se déplacer. Fort heureusement, nous étions bien en avance et nous pouvions nous le permettre. J'espérais tomber sur Atheos durant le trajet, mais cela ne fut pas le cas. Avec un peu de chance, il pourrait accéder au gradin. J'entrai donc dans l'arène avec la même routine de validation de rune et d'entrée dans la salle d'arme. Mais cette fois-ci, il y avait quelque chose de plus solennel dans l'air et l'attitude des gardes n'était pas la même. Je rentrai sur le sable avec une pression différente des matchs précédents. J'étais arrivé jusqu'ici, bien que j'y croyais dur comme fer, cela sonnait presque faux. J'étais à rien de pouvoir libérer mon ami, ensuite nous pourrions voyager et découvrir ce monde. Je respirais un grand coup, sortis mon épée, ma forme draconique et regardais mes adversaires rentrer à leur tour.

Avec la description que Xal m'avait fournie, ils étaient facilement reconnaissables. Le colosse du soleil rentrait en premier à ma droite, il eut du mal à passer la grille, comme son nom l'indiquait, il était immense. Une vraie armoire à glace, d'un peu plus de deux mètres, les épaules si larges que j'aurais pu m'y asseoir sans problème. Une épaisse armure de plate où était peint l'étendard d'Arckange, recouvrait la totalité de son corps, si bien que je ne pus même pas apercevoir ses yeux à travers son casque, dont la forme me faisait penser à un soleil. Une masse qui faisait presque ma taille, balançait sur son épaule. On pouvait aisément deviner que ce n'était pas n'importe qui, rien qu'avec sa tenue. Puis à ma gauche, vint un homme vêtu d'un manteau à capuche. Était-ce lui dont m'avait parlé le forgeron ? Quand il m'aperçut, il me fit un signe pour me saluer. Mes doutes se renforcèrent, il me fallait absolument lui parler. Il était peut-être la réponse à toutes mes questions. La rentrée du prochain adversaire me le fit rapidement oublier, la créature de Sirion rentrait à son tour dans l'arène, en face de moi. Et comme l'avait suggéré Xal, cela se voyait comme le nez sur la figure que j'étais son unique cible. La créature et ses yeux perfides sur la grosse bête, dont le QI ne devait pas dépasser celui d'une huître. Comment les avait-on autorisés à participer, ils étaient clairement deux. Sirion devait avoir de très bonnes connexions pour que quelque chose d'aussi flagrant soit autorisé impunément. Je repensais à l'état dans lequel ils avaient laissé Ori, cela me mettait hors de moi.

- Mesdames et messieurs, je vous souhaite une nouvelle fois, mais aussi pour la dernière fois, la bienvenue ! Nous y voilà enfin : la tant attendue finale du tournoi du chevalier Dragon. J'aurai encore l'immense honneur de vous présenter et de vous commenter ce match. Comme vous l'aurez remarqué, lors de la demi-finale, seuls quatre participants ont pu se qualifier pour ce combat d'anthologie. Nous commençons par le plus jeune, mais pas par le moins impressionnant. Nous n'en avions plus vu depuis au moins un siècle et pourtant ce jeune dracon est là ; Nico Ignis D'Arckange ! La foule m'acclamait, mais je pus voir même de loin que certains ne voyaient pas ma présence d'un bon œil. Il faudrait que je questionne Xal sur le nom que m'avait donné le commentateur.

Nous passons ensuite à l'étrange créature qui a réussi à obtenir une dérogation spéciale. Cette espèce m'est totalement inconnue, mais elle a su démontrer son ingéniosité et sa férocité. Elle a déjà eu une terrible altercation avec notre jeune dracon, la férue de l'explosion, le deux en un, la créature ! Mais il y a également le mystérieux ancien soldat. La rumeur court qu'à travers ce tournoi, il chercherait à retrouver son honneur et celui de la célèbre famille déchue à qui appartenait son ancien centurion et maître, Ori Phoenix Stanfire ! Considéré comme mort, victime d'un assassinat, il est pourtant là, devant nous pour combattre. Acclamez-le bien fort, l'ancien soldat, Rody Glaber Saurus !

Quand il entendit son nom, l'homme enleva sa capuche où l'on put voir une tête bien qu'adulte, à l'apparence enfantine. Je ne lui donnais pas plus de trente ans, mais il possédait déjà une calvitie bien avancée et comme si son corps ne supportait pas la pilosité, il était imberbe. Les poches des yeux creusées, il restait droit, le buste en avant, la fierté et la détermination étaient bien ancrées dans son regard. J'ai été étonné de ne pas le voir porter d'armes. Peut-être cachait-il ses atouts afin de surprendre ses adversaires. Il se tourna vers moi et me refit signe. Je ne savais pas si c'était l'homme que je recherchais. Il semblait correspondre à la description, mais il était bien trop amical.

- Pour finir, nous passons à nul autre que l'exécuteur de sa majesté le roi en personne. On dit qu'il peut briser la roche à mains nues et recevoir une cohue de maîtresses en colère sans la moindre égratignure ! Connu pour son incroyable ténacité lors de la bataille de la sangle, voici l'inarrêtable, l'immortel et l'infatigable, le colosse du soleil !

    Bien, maintenant que les présentations étaient faites, nous pouvions passer à la terrible et palpitante épreuve qui attendait nos quatre finalistes. Aucune limite de temps, seule la mort, le forfait ou l'incapacité à poursuivre le combat pouvaient être éliminatoires. Nos chers organisateurs de ce fabuleux tournoi nous avaient préparé une surprise tout à fait exotique pour cette grande finale. Des bêtes d'éther avaient été spécialement importées pour l'occasion. Venue tout droit de la grande jungle de Méliandre, la terreur des voyageurs perdus, la reine de l'altération des sens, la demano cendrée !

Soudain, une trappe s'ouvrit à la droite du colosse du soleil. La trappe avalait le sable et, après une longue série de cliquetis, je vis la demano apparaître. Un grand collier métallique relié à des chaînes la gardait solidement attachée à la plateforme. Les débattements suivis de rugissements de l'animal faisaient claquer les chaînes dans un bruit assourdissant, faisant sursauter les spectateurs à chaque claquement. Pourtant, cela n'impressionnait pas le colosse du soleil. Il ne reculait pas d'un pas, malgré sa proximité avec la demano cendrée. Certes, elle n'avait pas la portée d'un coup de patte, mais cela restait tout de même très impressionnant de voir avec quelle ferveur elle se débattait et elle semblait avoir très faim. Comme son nom l'indiquait, elle possédait des rosettes noires, qui enrichissaient sa robe de couleur cendre.

- Négocier avec des braconniers, qui ont exploré Salar, le continent des reptiliens. Cette bête-là vit dans les plaines arides du désert de Solis et même si elle est herbivore, je ne vous conseille pas de la chatouiller. Sa carapace est si solide qu'absolument rien ne peut ne serait-ce que l'égratigner. La forteresse des sables, le caraliff de Solis !

Une trappe encore plus imposante s'ouvrit entre la créature de Sirion et moi. Heureusement que l'arène contenait beaucoup de sable, car avec les quantités que ces trappes avalaient, nous aurions combattu sur la pierre. Tout comme l'arrivée de la demano, une série de cliquetis se fit entendre avant l'arrivée du caraliff. La première chose que je vis fut l'imposante silhouette parcourue d'énormes pics qui pointaient de sa carapace, une queue en forme de boulet recouverte de pics acérés et une tête coiffée d'un casque naturel monté de deux pics de tailles moyennes. L'animal poussait un barrissement et tentait, comme la demano, de se dégager de ses chaînes bien plus nombreuses.

- La dernière bête, connue pour ses jets de venin et ses embuscades dans les marais. Si vous pénétrez dans son périmètre, vous êtes considéré comme déjà mort. Le roi des marais, le cynamor géant !

La troisième trappe s'ouvrit, cette fois-ci, à ma gauche. Enroulé sur lui-même, je n'arrivais pas à apercevoir sa tête. Sa longueur était, tout comme le reste, disproportionnée.

- Les bêtes sont prêtes, tout comme nos candidats au titre de chevalier Dragon. Il est donc temps de sonner les hostilités, vous avez été très patients et maintenant voici le gong !

Le gong qui marquait le début du combat retentit et au même moment les chaînes des animaux se détachèrent. Le caraliff fit une ruée et se dégagea des dernières chaînes qui l'entravaient. Dans son agitation, il se retrouva face à moi. Ma tête ne dut pas lui revenir, car il fonça sans hésitation dans ma direction. Bien qu'il paraissait lent, je compris que sa charge ne pouvait être arrêtée. Je jetai de rapides coups d'œil à droite à gauche et fis une roulade vers ma droite dès qu'il fut un peu trop proche. Je ne voulais pas me risquer d'être dans le périmètre du cynamor géant. Le caraliff s'arrêta avant de rentrer en contact avec le mur et fit du sur place en gardant le monde à distance en utilisant sa queue comme une masse. Je me tournai vers le colosse du soleil, dont l'attitude était étrange. Ses mouvements étaient maladroits, ses jambes semblaient avoir leurs propres volontés. Alors qu'il faisait du sur place, la demano ne le lâchait pas des yeux et se préparait à bondir.

J'entendis un sifflement aigu et familier, suivi d'un bruit sourd venant de derrière moi et d'un choc dans le dos me faisant tituber. Un peu sonné, je regardais derrière moi : la gemme avait explosé à côté du caraliff, ne lui causant pas la moindre égratignure. J'avais presque oublié celui qui voulait le plus ma peau ici. Je voyais très nettement la petite créature ricaner sur son gros copain. Je chargeais à la manière du caraliff ; je comptais bien venger Ori pour les blessures qu'il lui avait infligées. La petite créature s'empressait de fouiller dans son sac pour me jeter tout ce qu'elle avait. Je vis une grosse poignée de gemmes être jetée en l'air, tombant directement sur moi. La lumière provenant des gemmes devint plus vive, au point où je ne pus que regarder le sable. Je ne savais par quel miracle, mais rien ne tomba sur moi. Une série d'explosions se fit entendre de tous les côtés, soulevant le sable. J'avais la sensation d'être dans le désert, en pleine tempête. Tandis que la petite créature gémissait de ne pas m'avoir touché, la grosse me chargeait à la manière d'un gorille. La bête se haussait sur ses deux énormes avant-bras, prête à s'écraser sur moi. La petite créature s'accrochait fermement pour ne pas être éjectée, ses pieds ne touchant plus la selle. Je me jetai in extremis sur le côté et reçus une vague de sable, des pieds à la tête. Le sable m'entra dans les yeux, ce qui gênait fortement ma vue. Je ne vis donc pas le revers du bras de la grosse créature s'abattre sur moi. Le coup me projeta à plusieurs mètres, me coupant le souffle. Je m'étalai après plusieurs roulés-boulés, au pied de l'ancien soldat. Ce qui était sûr, c'est que j'avais au moins une côte cassée, la douleur intense me le confirmant. Une fiole contenant un liquide vert tomba une nouvelle fois vers moi. Ce qui m'inquiétait, c'était qu'elle aussi, je l'avais déjà vue. D'un geste de la main, Rody fit changer de direction à la fiole, toujours dans les airs. Elle s'écrasa quelques mètres plus loin dans un bruit de jet de vapeur.

- Il faut que l'on parle, enfant au sang divin.

Je l'ignorais et levai la tête avec difficulté pour apercevoir les deux êtres immondes nous foncer dessus pour tenter de m'achever. Il était hors de question que je meure de cette façon, et encore moins de leurs mains. Il fallait que je venge Ori, et surtout que je libère Atheos, je lui avais fait une promesse. Il ne passerait pas sa vie enfermé dans cette ville et ne serait plus obligé de commettre des crimes pour avoir le droit de vivre. Tout ça, c'était de leur faute, ils me prenaient tout. Mais ils ne prendront pas ma vie, ils ne prendront pas ma liberté. Mon cœur battait si fort que je sentais qu'il allait exploser à tout moment. Du creux de mon ventre, je sentis ma colère, cette chaleur me parcourir. Elle remontait jusqu'à mes bras, des picotements se firent ressentir dans mes mains, jusqu'aux bouts de mes doigts. Les créatures n'étaient plus qu'à quelques mètres. Je les emporterais avec moi. Je tendis les bras et fis exploser ma colère. Je hurlai, et une déflagration sortit de mes mains, suivie d'une immense vague de flammes, inondant les deux créatures sous le feu. Une demi-seconde plus tard, une deuxième détonation, due à l'explosion des gemmes restantes dans le sac de la petite créature, me fit perdre connaissance.

Chapitre 13

Liberté

J'ouvris les yeux, désorienté, cherchant à comprendre où je me trouvais. J'étais allongé dans un lit assez large pour trois personnes, en face, une large penderie faite d'un bois ancien, une fenêtre donnant sur un arbre aussi vert qu'au printemps. J'étais dans ma chambre, une sucrerie accompagnée d'un verre d'eau avait été posée sur la table de chevet. La douleur m'assaillit les côtes, j'avais du mal à respirer. Des courbatures jusqu'au bout des orteils, le moindre geste était synonyme de douleur. Tout comme Ori, j'avais été soigneusement bandé sur la majeure partie de mon corps. Si j'étais ici, cela signifiait que je n'étais pas le vainqueur du tournoi. Je ne pus retenir mes larmes, comment allais-je faire face à Atheos ? J'ai tellement pleuré que je ne sais combien de temps s'était écoulé. Quelqu'un toqua à la porte, et malgré mon orgueil, je ne pus m'arrêter de pleurer pour autant. Xal et Ori, qui le suivait, entrèrent dans la pièce. Je ne fis pas attention à eux, j'étais inconsolable. Ori s'assit sur le lit tandis que Xal attendait devant la porte. Mon maître d'armes me mit une main sur l'épaule et bien que la douleur du contact fût atroce, je serrai les dents, je ne voulais pas le repousser. Il dut le remarquer, car il enleva rapidement sa main en s'excusant. Avant de s'adresser à moi avec une douceur que je ne lui connaissais pas.

- Qu'est-ce qui te chagrine tant ?

Je le regardais, les yeux imbibés de larmes. Je lui répondis en sanglotant.

- Vous connaissez déjà ce que signifiait cette victoire.

Il me tendit un bout de tissu. Je m'en servis pour essuyer mes larmes et me moucher. Il attendit que je finisse avant de reprendre la parole.

- Tu sais que c'est déjà un miracle que tu sois parvenu en finale ? Tu n'as que quinze ans, je te rappelle.
- Je m'en fiche, peu importe mon âge. Il n'y a que le résultat qui compte.
- Tu as essayé et tu as progressé. Regarde la différence de quand on s'est rencontré et de maintenant, tu es arrivé en finale, tu te rends compte ? Tu as même littéralement cramé la gueule de ces satanés monstres !

Xal toussota mécontent.

- Oui, oui! Pardon, j'ai été grossier. Bref, tu m'as compris, gamin, tu es extraordinaire ! Bon, si tu n'avais pas pris autant de risques en te croyant invincible, le résultat aurait peut-être pu être différent. Que ça te serve de leçon !

Ce n'était pas le moment de prendre des leçons, je devais gagner.

- La vie est ainsi faite. Plus vite tu l'accepteras, mieux tu avanceras. Si tu n'en tires rien, c'est là que tu as réellement perdu. Tu vivras bien d'autres moments comme celui-là, peut-être de moindre importance, mais cela reste la même chose. Alors, qu'as-tu appris ?
- Je fais du feu.
- C'est un bon début. Repose-toi ici, jusqu'à pouvoir te déplacer jusqu'à la rose d'or. Après, nous en reparlerons.
- Et Atheos, comment va-t-on faire ? Et puis je dois te rembourser Xal.

Xal secoua la tête.

- Ne t'en fais pas pour ça, Nico. Concentre-toi sur ton rétablissement, nous regarderons les solutions pour Atheos ensuite.

Sur ses conseils, je fermai les yeux et tentai de m'endormir malgré la douleur. Après quelques jours, Xal me fit boire des concoctions afin de soulager ma douleur et d'accélérer la guérison. Lui et Ori me transportèrent auprès de la rose dans l'objectif de réparer mes côtes cassées. Cela se fit étonnamment vite, les effets de cette fleur me surprirent toujours.

Alors que j'étais allongé près de la rose, sur un lit de fortune, Ori vint à ma rencontre. Il avait bien récupéré et ne boitait plus, il avait perdu également son teint blafard et avait retrouvé de la vivacité dans le regard. Il resta debout quelque temps, se raclant la gorge, avant de s'adresser à moi, hésitant, ce qui n'était pas dans ses habitudes.

- Dis-moi, petit. Hmm… Le gars avec toi dans l'arène, en noir et la capuche. Il t'a dit quoi ?

Son attitude était plus qu'étrange, mais je ne voyais pas l'intérêt de lui cacher. Je lui racontai donc ce qu'il m'avait dit. Il parut plutôt surpris.

- C'est tout ? Il ne t'a dit que ça ?
- Oui, après, les créatures de Sirion nous ont foncées dessus.

Il mit son menton entre son pouce et son index, pour réfléchir. Je n'avais jamais vu Ori aussi chamboulé. Il est vrai que, comme Xal avant notre discussion, je ne savais rien de lui. Cela me rendit curieux et vu que je n'avais pas mon acolyte pour le questionner, il fallait que je le fasse.

- Ori, tu veux bien m'expliquer qui est cet homme, crois-tu qu'il a un lien avec moi et mon collier ?

Il fronça les sourcils comme s'il ne comprenait pas ma question.

- Non, il n'a aucun lien avec ton collier et toi, enfin pas que je sache. De toute façon, apparemment, je ne suis pas au courant de grand-chose.
- Que veux-tu dire par là ?
- Oui, je le connais, il était sous mes ordres du temps où j'étais encore centurion.
- Excuse-moi Ori, c'est quoi centurion ?

J'avais vu à ressembler la civilisation romaine dans quelques bouquins qui contenaient des images, et grâce à la télé, j'avais tout de même pu ne pas être complètement coupé du monde extérieur, mais cela s'arrêtait là. Ma culture générale était souvent malmenée, les déductions me permettaient de m'en sortir la plupart du temps, mais là, elle me faisait défaut.

- Pour t'expliquer simplement, une cohorte est un groupe de soldats et leur commandant, c'est le centurion.
- D'accord, je comprends, tu étais donc le chef d'un groupe de soldats. Que s'est-il passé pour que tu arrêtes ?
- Je n'ai pas arrêté, j'ai été congédié et accusé de haute trahison envers le royaume d'Arckange. S'ils ne m'ont pas exécuté, c'est seulement pour ma renommée et mes exploits militaires. À l'origine, je viens d'une grande famille, la famille Stanfire. Elle est implantée depuis plusieurs générations dans la cité d'Arckange et elle avait une grande influence dans la ville. Lors de la guerre contre les dracons, ma famille prit le parti de ces derniers et tenta même d'en cacher

certains. Évidemment, aux yeux du royaume et de l'opinion publique, cela fut considéré comme de la haute trahison. Privée de ses titres, prison et dettes, la famille sombra dans le déshonneur. Je suis rentré à l'armée afin de redorer le blason de ma famille, cela ne fut pas sans difficulté, mais je me fis un nom et je pus monter en grades. Jusqu'à être nommé centurion de la première cohorte, le soleil doré. La plus prestigieuse des cohortes, j'ai combattu avec eux dans deux batailles. Un jour, mon second, Rody, fut accusé de faire partie d'un groupe de rebelles, qui place les dieux Dragons avant tout, les enfants des divins. Je ne pouvais pas rester sans rien faire alors qu'il allait être exécuté, il faisait partie de mes hommes, de plus il n'avait même pas eu le droit à un procès. Je suis intervenu et j'ai bien failli être exécuté avec lui. Grâce à ma renommée, j'ai pu obtenir un accord : si l'un de nous deux parvenait à gagner le tournoi prévu prochainement, alors nos vies seraient sauvées, et avec l'argent j'aurais pu finir de rembourser la dette de ma famille. Évidemment, Rody, à peine la nuit tombée, fut assassiné dans une ruelle. Enfin, c'est ce que je croyais, jusqu'à ce que je le voie apparaître en finale face à toi.

- C'est une sacrée histoire…

- Oui et bien, il a intérêt à avoir une bonne explication pour ne pas être venu me voir! Sinon, je vais lui rappeler qui était son supérieur. Enfin, grâce à lui j'ai pu rétablir l'honneur de ma famille.

- Comment ça ?

- C'est lui le vainqueur du tournoi, il a donc remporté le titre et la récompense qui va avec. Il a utilisé la plupart des gains afin de régler les dettes de ma famille et l'accord avec le roi tenait toujours, donc ma famille a également retrouvé ses titres. C'est… Inespéré.

- Je suis content pour toi Ori. Tu penses que je pourrais négocier avec lui une partie de la récompense, s'il en reste assez, pour libérer Atheos ?
- Cela me semble compliqué. Mais Xal voulait te voir à ce sujet et maintenant que tu es presque complètement rétabli, tu devrais aller le voir.

Je me levais et partis retrouver Xal, qui discutait avec Mina et Soara dans le salon. Toutes les deux furent ravies de me voir débarquer dans la pièce. Un grand sourire arborait leur visage. Elles, qui étaient si rigides dans le magasin, me paraissaient bien plus belles quand elles étaient naturelles. Si elles étaient ici, alors que presque personne ne pouvait pénétrer la maison, c'était que parler d'elles à Xal avait bien aidé dans leur carrière. Xal, interloqué par leur sourire soudain, se tourna dans ma direction :

- Oh ! Te voilà, maintenant que tu as suffisamment récupéré, nous allons pouvoir y aller.

En un geste, Mina et Soara comprirent ce qu'il demandait et partirent.

- Aller où ?
- Eh bien, tu n'as pas oublié, j'espère ? Atheos est toujours avec Sirion, nous allons le chercher.
- Mais je n'ai pas les moyens.
- Ne discute pas et viens.

Il sortit sans plus d'explication. Je le suivis jusqu'au portail. Des espèces de chevaux tiraient les deux carrosses, qui nous attendaient avec Mina et Soara comme cochères. Ils avaient une corne proéminente sur la tête et des tâches perlaient sur leurs flancs. Je demandais à Xal ce que c'étaient comme animaux et il me répondit que c'étaient des canoces, avant d'enchaîner :

- Ces deux jeunes femmes incroyables savent tout faire ! me dit-il en faisant un clin d'œil.

Nous montâmes dans le premier et aussitôt la porte du carrosse fermée, il se mit en route. Xal et moi, étions projetés en arrière sur nos sièges.

- Bon, il faudra que l'on travaille les démarrages. En aussi peu de temps, elles ont fait des progrès remarquables, on ne pourra pas leur enlever.

- Nous allons voir Sirion ?

- Oui, et je veux du silence, je n'ai pas hâte de voir sa face de pagniac et j'ai besoin de calme.

Devant l'autorité de Xal, je me tus. M'interrogeant sur la créature hideuse que devait être un pagniac.

Le trajet fut rapide et l'arrivée fut tout aussi brutale que le départ. Xal pestait, mais gardait son sourire quand la porte s'ouvrit. Quand Xal mit un pied dehors, nous devions presque courir derrière lui pour ne pas être distancés. C'est fou à quel point ce vieux monsieur marchait vite. D'un pas déterminé, il passa le portail de la demeure de Sirion sans hésitation.

Je me rappelle de ce moment comme si c'était hier et plus que la colère, la profonde haine que j'ai ressentie à ce moment-là. Dans un coin du terrain, chose que je n'avais pas remarquée avant, se trouvait un mur avec des chaînes incrustées. Auparavant vide, maintenant Atheos y gisait, les mains menottées aux chaînes du mur. Le dos ensanglanté, couvert de traces de coups de fouet, qui avaient lacéré sa peau. Atheos restait immobile, quant au fouet qui avait servi, il était en train d'être nettoyé par les petits qui accompagnaient mon ami lors de la dernière visite. Pour la plupart, ils pleuraient. Inconsciemment, je touchais le collier et changeais de forme. Je sentis la même chaleur qu'à l'arène m'envahir et mes doigts me picotaient. Une main se posa sur ma tête, celle de Xal. J'allais protester, mais quand je vis son regard cela m'en coupa toute envie. Dans un silence de tombe, Soara alla toquer à la porte de Sirion. Un domestique ouvrit la porte et un échange de paroles furtives se fit. Après quelques minutes, qui me paraissaient durer une éternité, Sirion pointa le bout de son nez.

- Qu'est-ce que vous me voulez encore ?

Xal s'avançait.

- Je prends tout le monde.
- Pardon ?

Xal pointait du doigt les jeunes et mon ami.

- Je ne me répéterai pas. Je prends tout le monde.
- Et vous croyez qu'il vous suffit de débarquer en réclamant pour que je vous le donne ? Vous rêvez mon vieux.
- Je crois que je me suis mal fait comprendre. Je vais donc reformuler.

Xal avançait encore d'un pas et posa sa main sur l'épaule de Sirion. Il le dépassait largement de taille et il en jouait.

- Il me semble que vous avez fait des pieds et des mains pour obtenir une place au conseil, n'est-ce pas ? Écoutez attentivement ce que je vais vous dire. Je vais repartir avec ces petits, si ce n'est pas le cas, je serai contrarié. Si je suis contrarié, je coulerai vos commerces en moins de deux semaines et en moins d'un mois je vous mettrai un de ces colliers que vous affectionnez tant. Voulez-vous me contrarier, Sirion ?

Sirion devint blême, je ne pouvais voir le visage de Xal, mais sa voix me fit frissonner. Jamais je n'énerverai le vieil homme, je ne le savais pas si effrayant.

- Très bien, prenez-les… S'il vous plaît, lâchez-moi monsieur Xal…

Xal ne lâchait pas prise et durant quelques secondes la tension était à son paroxysme. Il finit par le lâcher et d'un geste de la main, il ordonnait à Mina et Soara de s'occuper des petits. Sirion les accompagna pour retirer leurs colliers. Je courus vers Atheos afin de le libérer. Il était dans un état déplorable. Son collier avait tellement été utilisé qu'il avait noirci sur les bords et que les rougeurs remontaient presque jusqu'à son menton. Il fallait au plus vite l'amener à la rose. Aidés de Mina et Soara, nous transportions Atheos et les petits dans la seconde calèche prévue pour eux. Nous partions donc à toute vitesse chez Xal. À l'arrivée, je courus sous forme draconique avec Atheos dans les bras vers la rose. Sans son collier, je pouvais voir ce qu'il lui avait fait et quand je vis l'état de son cou, je vomis. Fort heureusement, grâce à la rose d'or, ses plaies se refermaient à vitesse grand V, mais j'eus peur que cela ne suffise pas. Comment avait-on pu lui faire ça ? Je pleurais une nouvelle fois en espérant le voir se réveiller. À force de pleurer, je m'épuisais et je m'endormis à ses côtés.

Chapitre 14

Le grand conseil

À mon réveil, il faisait nuit. Une couverture avait été mise sur moi et Atheos. Éclairé par la lune, je vis qu'Atheos était réveillé, mais il n'avait pas bougé, les yeux rivés vers le ciel. Silencieux, il contemplait les étoiles.

- Comment tu vas ?

Avec des signes, il me fit comprendre qu'il ne pouvait pas parler. J'espérais que ce n'était pas définitif. Son cou avait bien cicatrisé, mais ses cordes vocales ne devaient pas être complètement remises. Il ne faisait pas trop frais, alors nous restions ici pour dormir. J'étais heureux de le retrouver.

Le lendemain, mon sommeil fut brutalement interrompu par deux mains qui me secouaient vivement. Atheos, tout sourire, me malmenait en me secouant dans tous les sens.

- Arrête! Arrête! Je suis réveillé, c'est bon. Tu n'as pas retrouvé ta voix ?

Il tentait de dire quelque chose et un son rauque sortit à la place. Suite à son échec de communication, il me fit non de la tête.

- Allons trouver Xal et Ori, ils seront heureux de te revoir.

De retour dans la demeure de Xal, une tripotée de gamins incontrôlables courait à l'intérieur. Au grand désespoir d'Ori, qui s'était installé dans un coin de la pièce pour s'éloigner du vacarme ambiant. Ils finirent par nous remarquer et accoururent pour sauter dans les bras de mon ami. Bien qu'il ne puisse parler, son bonheur n'était clairement pas étouffé par le manque de son. Peu de temps après, Xal descendit, accompagné de Mina et Soara. Elles prirent les petits qui faisaient la fête à Atheos et les emmenèrent dans la cuisine pour leur préparer des collations. Xal nous prit à part et Ori nous rejoignit quand la petite troupe de diablotins fut partie. Tous installés confortablement devant la cheminée, Xal prit la parole.

- Tout d'abord, il est de vigueur de souhaiter à Atheos une bonne nouvelle vie en tant que garçon libre.

Ori, Xal et moi lui sourîmes et les larmes d'Atheos se mirent à couler. Pour une fois, c'étaient des larmes de joie et rien ne me fit plus plaisir qu'à cet instant-là.

- Ensuite, Nico et Ori, comme tu dois t'en douter, êtes convoqués par l'assemblée et le roi. Je vais donc m'y rendre par mes obligations et vous m'y rejoindrez à l'heure indiquée dans cette lettre.

Il tendit une lettre à Ori et une autre pour moi. Finement décorée d'or et ornée d'un sceau représentant un dragon fièrement dressé, les pattes en avant et les ailes déployées. Je n'avais jamais vu une telle lettre de ma vie, je ne savais pas quoi en faire. Ori prit un couteau au manche en bois fort luxueux, posé dans un petit plateau assorti. Avec l'ouvre-lettre, il découpait l'enveloppe sur sa longueur et en sortit un papier noble avec une grande émotion. À la fin de la lecture de celle-ci, un sourire arborait son visage d'habitude dur et stoïque. Il me tendit l'ouvre-lettre pour que je puisse découvrir ce que contenait la mienne. Je l'imitai et en sortis le même papier, que je lus avec attention.

Fils des dieux Dragons

Nico Ignis D'Archange

Finaliste du tournoi du chevalier Dragon

Vous êtes attendu lors de l'Assemblée Royale, présidée par Sa Majesté Alexendar Victoris D'Arckange, Roi d'Arckange et Souverain des Terres de Feu. L'objet de cette Assemblée est de s'assurer que vous ne représentez pas une menace pour le royaume et de nous convaincre de la contribution que vous pouvez apporter à Sa Majesté.

Notre bien-aimé Roi vous accorde la grâce de l'utilisation du nom Royal sans répercussions. Toutefois, il est impératif que vous n'oubliez pas la bienveillance de cet acte royal et ce qu'il implique. En conséquence, vous êtes dans l'obligation de ne commettre, quelles que soient les circonstances et les faits, aucun acte susceptible de mettre la couronne dans une position délicate.

Nous tenons à vous féliciter pour votre place en finale et pour les exploits qui vous ont permis d'y parvenir. Le Conseil se tiendra le quinzième jour du mois de Rantas, à quatre heures de l'après-midi.

Que le soleil continue d'éclairer, à l'avenir et pour l'éternité, les âmes des Terres de Feu.

Conseil royal de Arckange

Si j'avais bien compris, j'étais attendu demain après-midi par les dirigeants du royaume pour savoir s'il fallait m'éliminer ou m'utiliser. Je n'étais pas ravi, contrairement à Ori, qui, contrairement à moi, semblait avoir appris une excellente nouvelle.

- Xal, pourquoi dans la lettre mon nom de famille est-il *Ignis D'Arckange* ?
- Tu es un dracon et, de toute évidence, comme je l'avais pressenti, tu es le fils d'Arckange, le dieu du feu.
- Vous n'étiez pas sûr ?
- Il fallait un surnom et un nom de famille pour t'inscrire au tournoi, preuve que tu as la civilité Arckagénnne, et tu ne m'avais pas donné le tien, alors j'ai mis ce que je pressentais.
- Vous saviez déjà que j'étais un dracon et que j'étais le fils d'Arckange ?

Même si j'avais confiance en Xal, cela faisait beaucoup de coïncidences. Je voulais bien croire qu'il avait beaucoup d'instinct, mais je trouvais que cela faisait un peu trop. Il comprit vite que j'avais des doutes sur ses dires.

- Tu sais que je ne suis pas humain à proprement parler. Je suis capable d'appréhender la complexité de l'éther, pas comme un fils de Méliandre, mais suffisamment pour apercevoir que ton collier déborde d'un éther bien particulier. J'ai pu rencontrer quelques dracons dans ma longue vie, et ils possédaient cette même source inépuisable d'éther. Je ne comprends pas comment cela est possible, mais une grande partie de ton essence est enfermée dedans. Sans rentrer dans les détails, j'ai pu découvrir une bonne partie de ta nature grâce à ton collier.
- Mais comment saviez-vous que je maîtrisais le feu ?

- Nico, à chaque fois que tu vas utiliser ton pouvoir, tu vas entrer en résonance avec le monde. C'est déjà le cas en permanence, mais d'autant plus quand tu utilises ton feu. Le type de résonance est perceptible si on a une très forte affinité avec l'éther ou s'il y a une grande source. La tienne est tellement puissante, que même moi je peux deviner sans difficulté, en observant ton collier, que tu es affilié au feu.

- Comment pourrais-je avoir une partie de moi dans mon collier ? Je sais bien que la magie et tout le blabla, mais est-ce commun de mettre une partie de l'essence de quelqu'un dans un objet ?

Cela commençait à m'agacer de ne rien comprendre, d'autant plus que je n'avais absolument aucun indice sur ce que je faisais dans ce monde ni pourquoi j'en étais parti.

- Calme-toi, Nico. Non, ce n'est pas commun. C'est même rarissime que quelqu'un ait le pouvoir d'accomplir une telle chose. Si c'est un humain, il a presque transcendé les limites de son espèce. Je n'explique même pas comment tu es capable de lire ou de comprendre notre langue, alors que vraisemblablement, tu ne l'as jamais apprise.

Tout cela n'avait ni queue ni tête et je n'avais pratiquement aucun indice. C'était frustrant. Je m'étonnais qu'Atheos ne soit pas intervenu dans la conversation. Je tournai la tête pour savoir ce qu'il en pensait. Il regardait intensément le plafond, ailleurs. Je me rappelai que, de toute façon, il ne pouvait pas encore parler. Lui, qui était un véritable moulin à paroles, devait être frustré. Xal le sortit de sa transe en l'appelant doucement. Il eut du mal à revenir parmi nous.

- Ça va, mon garçon ?

Comme revenu d'un long sommeil, il hocha un oui de la tête.

- Tu veux peut-être aller te reposer ?

Cette fois-ci, ce fut un non.

- Dans ce cas, peut-être, Nico, tu voudrais bien lui expliquer d'où tu viens ?
- Une promesse est une promesse, même si j'aurais préféré te le dire après avoir gagné.

Il me mit une main sur l'épaule et me fit signe de ne pas m'en faire.

- L'essentiel, c'est que tu sois libre après tout. Encore merci, Xal.
- Ne t'en faites pas pour ça, raconte-lui.

Je lui racontai donc ce que j'avais traversé dans l'autre monde, quel type de famille j'avais eue et comment je m'étais enfui avant d'arriver ici. En racontant mon récit, j'avais l'impression de remonter le temps et cela me mettait mal à l'aise. Malgré les difficultés que j'avais rencontrées ici, j'avais un foyer, des amis et peut-être ce qui me faisait le plus penser à une famille.

- Voilà, je crois que je t'ai tout raconté.

Atheos semblait avoir des questions à me poser, mais sa voix lui faisait défaut. Il finit par se résigner à me les poser plus tard.

- Maintenant que tu as raconté ton histoire, nous pouvons passer à toi, Atheos.

Atheos ne semblait pas comprendre ce que demandait Xal. J'avais pu remarquer quelque chose d'étrange chez Atheos. Quelque chose de similaire à moi. Maintenant qu'il avait enlevé ce satané collier, j'en étais sûr. Atheos me regardait, perplexe, et je ne savais pas quoi lui répondre.

Je suis convaincu que tu es le fils, d'une manière ou d'une autre, d'un esprit, ou alors un réceptacle. C'était difficile à dire. La seule chose dont j'étais sûr, mis à part son lien avec un esprit de la nature, c'était son affiliation avec le vent.

Pour soulager mon ami, qui semblait encore plus frustré de ne pas avoir récupéré sa voix pour questionner Xal, j'essayais de poser les questions à sa place.

- Pourquoi depuis qu'il a enlevé le collier ?
- Le collier agissait comme un inhibiteur pour l'éther. Celui qui était déjà cantonné en lui ne pouvait pas se manifester, et pareillement pour celui à l'extérieur.
- Je ne comprends pas.
- Pour t'expliquer simplement : si Atheos avait une nature similaire à la mienne, alors son corps fonctionnait grâce à l'éther. Comme il n'avait jamais essayé d'utiliser l'éther, son corps était resté celui d'un être humain. Je ne pouvais pas t'expliquer dans les détails, moi-même je ne comprenais pas bien le processus.

Ori intervenait pour la première fois depuis qu'il avait ouvert sa lettre.

- Selon la tournure de la discussion avec le conseil et le roi, je pourrais récupérer des livres avec plus d'informations sur les dracons et même des esprits, qui étaient les biens de ma famille. Ils étaient sûrement entreposés dans la bibliothèque royale.
- C'était une bonne idée, Ori. Maintenant que nous démêlions un peu vos mystères, je devais aller à une réunion et je vous disais à demain. Ah ! Et avant de partir, Atheos, tu pourras accompagner ces deux-là demain.

Sans un mot de plus, il s'en alla.

- Bon, moi je vous dis à demain. Je ne pouvais plus rester dans cette baraque, autant de mioches ça allait me rendre fou.

Et il sortait à son tour. Cela me faisait plaisir de le voir retrouver sa vigueur. Il ne boitait plus et sa démarche avait repris son assurance d'antan. Je courais derrière lui avant qu'il ne passe le portail.

- Merci, Ori, de m'avoir protégé durant le tournoi et de m'avoir enseigné l'escrime. Sans toi, je n'aurais peut-être pas survécu.

Il était surpris par mes remerciements soudains, détournait la tête et partait en levant la main. Comme il ne disait rien, cela devait lui faire plaisir. Je retournais avec Atheos à la rose d'or afin qu'il retrouve plus rapidement sa voix. Pendant que je faisais mes entraînements d'escrime, Atheos tentait d'éveiller son pouvoir. Il s'agitait dans tous les sens avec une concentration extrême. Malgré ses efforts, il n'obtenait pas les effets escomptés. Il finit par se fatiguer et s'allongeait dans l'herbe. Lassé de répéter les mêmes mouvements d'épée, je m'allongeais à mon tour. Atheos avait récupéré sa voix et parlait silencieusement, comme pour ne pas être entendu. Il avait l'air agacé et regardait dans le vide encore une fois. Je ne savais pas si je devais l'interpeller ou non. Alors, j'attendais. Je l'observais pendant presque une demi-heure avant qu'il ne se rende compte de ma présence.

- Tu as fini ton entraînement ?

- Tu es sûr que ça va ?

- Oui, pourquoi ?

- Depuis que tu es revenu, tu te comportes de manière étrange. Tu es comme ailleurs…

- Tout allait bien, ne t'en fais pas.

- Bien sûr que je m'en fais, tu es mon ami. C'est ce que t'as fait subir Sirion qui te met dans cet état ?

Il fronça les sourcils, et je vis, l'espace d'un instant, ses mains trembler. Il se détendit aussitôt, du moins en apparence.

- Je vais bien, Nico, ne t'en fais pas. Je suis juste un peu chamboulé, ne t'en fais pas.
- Tu n'as pas à subir ça tout seul.
- Je ne suis pas tout seul.

Cela me rassurait de voir que d'être à ses côtés le soulageait de sa douleur. Je ne compris que bien trop tard que ce n'était pas à moi qu'Atheos faisait allusion.

Le lendemain, Ori nous rejoignait après le repas de midi. Il n'entrait pas et attendait dans l'allée du portail. Nous disions au revoir à Mina, Soara et aux petits chérubins, avant de rejoindre Ori. Xal nous avait préparé de belles tenues particulières. Pour moi, l'assortiment était noir et pour Atheos, il était blanc. Une toge de soie, dont le tissu tombait jusqu'en bas du torse, pour chaque épaule et qui tombait en ovale jusqu'aux fesses. Nous portions une tunique à manches courtes en dessous. Ori, quant à lui, avait opté pour ces vêtements que je devinais traditionnels, sur une teinte de marron. Sans plus attendre, nous partions pour le palais. En débouchant dans la rue, nous avons été interpellés par un cocher dans l'un des carrosses de Xal. Il nous expliquait qu'il nous attendait et que Xal l'avait mis à notre disposition pour la journée, avec pour consigne de ne pas arriver en retard. Après l'avoir remercié, nous montions dans le carrosse. La balade fut agréable, nous traversions la ville et cela me permettait de me rendre compte à quel point elle était grande. Mais ce n'était rien comparé à la grandeur du palais. Le carrosse s'arrêtait devant d'immenses grilles ouvertes, qui laissaient place à un jardin démesuré. Pourtant habitué au grand jardin, je fus tout de même estomaqué par la majestuosité de celui-ci. Coupé en quatre, parcouru par des allées d'oliviers et d'autres arbres que je ne connaissais pas, le jardin avait en son centre un trou d'eau dans lequel se trouvait une fontaine. Nous le traversions et arrivions à un escalier titanesque. Rien que de penser qu'il fallait le monter me donnait mal aux jambes. Des gardes en armure, postés à droite et à gauche toutes les dix marches, tenaient des piques de manière solennelle. J'allais pour monter les marches, mais Ori m'arrêtait.

- Attendez, c'est bientôt l'heure. Vous allez aimer.

Deux nouvelles colonnes de gardes firent leur apparition en haut des marches et descendirent. Parfaitement synchronisés, ils s'arrêtaient tous, deux marches avant les autres gardes, et se déplaçaient à l'unisson. Les nouveaux gardes descendaient de deux marches tandis que les anciens remontaient toujours en colonnes. Quand les gardes furent tous à leur poste, nous montions à notre tour. En haut des marches, se trouvait une terrasse entourant le palais et fermée par une balustrade couverte de sculptures de forme végétale. La porte de bois massif ouverte devant nous donnait sur un grand jardin rectangulaire. Des chemins de mosaïque couverts, les toits supportés par des colonnes, faisaient le tour du jardin et le traversaient pour arriver jusqu'à nous. Dans chacun des deux jardins coupés par les colonnes se trouvaient des mares. Malgré que ce ne fût pas la saison des floraisons, il n'en restait pas moins magnifique. Des domestiques faisaient des va-et-vient. L'un d'entre eux, immobile, s'activait quand il nous aperçut. Il venait à notre rencontre avec de petits pas pressés, mais réguliers.

- Bonjour, êtes-vous Nico, Ori et Atheos ?

Il avait une voix enjouée et une tenue bien moins extravagante que nous.

- C'est bien nous, répondit Ori.

- Vous êtes en avance. Si vous voulez bien me suivre, je vais vous emmener patienter dans la salle du conseil, jusqu'à l'arrivée des conseillers et de sa majesté.

Sans attendre notre réponse, il partit tout droit. Nous nous empressions de le suivre. À l'autre bout du chemin de mosaïque, une nouvelle porte nous attendait. Un peu moins imposante, mais bien plus décorée. Il l'ouvrit avec difficulté, j'avais même hésité à l'aider. À l'intérieur, je découvris la salle du trône. Une vaste salle qui possédait des rangées de colonnes en marbre, avec au fond une estrade sur laquelle reposait un trône lui aussi fait de marbre. Des coussins et draps l'enveloppaient pour le rendre plus confortable. Des étendards, avec le symbole d'Arckange, flottaient dans toute la salle et un long tapis bordeaux brodé montait jusqu'au trône. Il nous emmenait au fond de celle-ci, du côté droit. Il y avait une porte plus discrète que celle rencontrée jusqu'à présent. Il l'ouvrit à son tour, je trouvais qu'il faisait frais dans la salle du trône, celle-là était glacée. Il s'y trouvait une table longue, accompagnée de chaises, avec comme seule source de lumière une vitre derrière ce qui semblait être la place du roi, en bout de table. Le domestique nous indiquait où nous asseoir et nous disait qu'il reviendrait avec de quoi boire et nous rassasier. Nous étions tous les trois assis côte à côte, cela me rassurait de ne pas être assis à côté d'inconnus durant le conseil.

- Vous êtes prêts ?

Ori souriait comme s'il en avait l'habitude.

- Toujours. J'ai affronté une tortue rhinocéros avec des piques, qui faisait plus de deux mètres, alors ça c'est rien du tout.
- J'ai rien compris, mais j'aime l'état d'esprit.
- Franchement, s'il y a moyen d'en tirer quelques drams, je dis pas non, dit Atheos.

Ori éclatait de rire.

- Je ne te savais pas si avare, Atheos.
- À force de chercher ce qui brille, on en devient accro. Et puis, s'il y a bien un moyen d'être libre dans ce monde, c'est avec les drams.
- Ouais, chacun sa vision. Bon, il vient cet alcool ou pas ?
- Tu veux boire avant le conseil ?
- Ça va, on peut se lâcher un peu de temps en temps.
- Faut-il vraiment que ce soit maintenant ?
- Je me gère, le gamin tout blanc.

Le domestique finit par revenir les bras chargés, pour le plus grand bonheur d'Ori. Il eut à peine le temps de poser le vin sur la table que Ori s'empressait de s'en emparer. Il remplissait son verre à ras bord et le buvait d'une traite.

- Ah, que ça m'avait manqué.
- Vous étiez alcoolique ?

Atheos lançait sa pique avec un sourire moqueur.

- Bien sûr que non. Je ne bois plus depuis que je me suis fait radier pour trahison. Maintenant que c'est réglé, je peux enfin en profiter.
- Mouais, vous devriez faire gaffe qu'ils ne changent pas d'avis.
- Mais non, c'est l'honneur de la couronne. Ils ne peuvent pas revenir sur ce qu'ils ont dit. Allez, bois un coup avec moi.

- Je n'ai jamais bu.
- Faut changer ça, toi aussi Nico, trinquons tous ensemble.
- Je suis pas sûr que ce soit une bonne idée, je suis pas dans une aussi bonne posture que vous.
- Tu t'en fais trop. Tu veux qu'ils te fassent quoi ? Je t'accompagne et Xal aussi. De plus, ils auront peur de refoutre une deuxième guerre en te tuant. Allez, prends un verre.
- C'est bon, je le prends à sa place. Mais par pitié, le vieux, arrête d'enchaîner les verres, tu pues l'alcool.
- Le vieux ? C'est comme ça que tu parles aux aînés ?
- T'arrêtes pas de nous traiter de gamins, alors maintenant, ça sera le vieux.

Il prit un verre et tapa dans celui que tenait déjà Ori avant de goûter le vin. Il le recracha aussitôt.

- Mais c'est dégueu, ton truc.
- C'est parce que t'y connais rien à la vie.
- Ça doit être ça.

Quelqu'un toquait.

- Ori... Je te laisse les enfants une journée et voilà que tu essaies de les faire boire.

Xal se tenait à l'entrée, dans la même tenue que nous, rouge sombre.

- Que faites-vous ici ?

- Je fais partie du conseil, Atheos.
- Tu l'avais toujours pas compris, gamin.

Ori riait aux éclats. Xal se prit la tête dans sa main.

- Ori, vous devriez ralentir sur le vin.
- C'est bon, c'est bon. Vous me prenez la tête, j'arrête. De toute façon, ça devrait bientôt commencer.

Effectivement, il avait raison. Pour confirmer ses dires, le reste des conseillers rentra à la suite de Xal. Chacun s'assit à sa place, tous dans la même tenue traditionnelle. Quand tout le monde fut installé, le silence régnait. Seul Ori mangeait des fruits sans se soucier des apparences et des bruits de bouche infâmes qu'il causait. Xal avait honte et ça se voyait. Soudain, Ori s'arrêta avant de croquer ce qui ressemblait à du raisin. Il le reposa et reprit son visage sérieux. J'entendis les pas de quelqu'un en armure et, au son qu'il faisait, il devait être lourd. Je compris immédiatement que l'homme qui nous rejoignait était le roi, ses habits et sa démarche parlaient d'elle-même. Il n'était pas vieux, moins de trente ans, les cheveux blonds et les yeux bleus. Il était vêtu d'une tenue royale un peu trop décorée et brillante à mon goût, munie aussi d'une cape traînante noire, bordée de fils dorés représentant le soleil. Il portait également des gants de laine noire tressée et une couronne en forme de flammes. Il était suivi de près par celui à l'origine du bruit. Reconnaissable entre mille, le colosse du soleil me toisait de haut en bas. Il y avait également une troisième personne qui fermait la marche. Il portait la même tenue que nous en vert forêt. Son nez était particulièrement long et il possédait une cicatrice sur la joue gauche. Il ne portait pas de barbe, mais une moustache dont les deux pointes finissaient en queue de cochon. Quelque chose dans son regard perçant me mettait mal à l'aise. Le roi s'assit comme prévu en bout de table et les deux hommes qui l'accompagnaient restèrent debout à ses côtés. Tout le monde s'observait en silence.

Le roi, après avoir balayé la salle du regard, prit la parole d'une voix ferme.

- Moi, Alexandar Victoris D'Arckange, roi d'Arckange, je déclare le conseil royal ouvert. Pour commencer, je vous informe que le centurion Crève-Cœur assistera au conseil et qu'il a la capacité de détecter les mensonges. Je vous conseille donc à tous de surveiller vos paroles, car comme vous vous en doutez, si vous mentez en ma présence, cela sera considéré comme de la haute trahison. Passons au premier sujet de ce conseil. Xal Saltus Syla, nous savons que vous avez eu une altercation avec le feu Sirion Pinguis Barbus, avant qu'il ne décède dans la nuit par un incendie causé par les enfants des divins. Ils ont laissé leur marque ainsi que sur les autres lieux où des nobles et même des membres du conseil ont été assassinés. Une lettre anonyme leur aurait été transmise dans laquelle étaient cités les noms des nobles corrompus par les pots-de-vin de Sirion. Pourriez-vous m'en dire plus à ce sujet ?

Je remarquais les places vides que devaient occuper les conseillers assassinés.

- Mon roi, c'est bien la vérité, j'ai eu une altercation avec Sirion avant son assassinat. Je ne suis cependant pas le commanditaire de cette lettre et je ne suis en rien responsable de sa mort.

- Très bien, vous êtes un membre essentiel de son conseil et vous avez toujours soutenu le royaume. Par respect pour cela, je ne vous poserai pas plus de questions sur ce sujet. Quant à la libération de cet enfant et des autres, vous avez mon autorisation ainsi qu'un soutien financier jusqu'à leur quinze ans.

- Je vous remercie, votre majesté.

- Ori Phoenix Stanfire, vous avez réussi ce qui était conclu dans notre arrangement. Je vais donc respecter ma part du marché et vous anoblir, ainsi que vous restituer les biens que possédait la famille Stanfire. Je suis au courant qu'une grosse partie de la récompense obtenue par Rody Glaber Saurus vous a été reversée afin de recouvrir les nombreuses dettes de votre famille. Comme nous lui avions promis, aucun mal ne lui a été fait pour la récupération de sa récompense. Il a cependant refusé de répondre au centurion Crève-Cœur quand on lui a posé la question s'il faisait partie des enfants des divins. Quand nous l'avions découvert autrefois, le centurion était en mission, il ne pouvait donc pas vérifier parfaitement son innocence. Nous lui avons donné une occasion de le faire et il a refusé. Vous savez ce que cela signifie, n'est-ce pas ?

Ori fronçait les sourcils, encore plus qu'à l'accoutumée. Ce qui était vraiment effrayant.

- Oui, votre majesté.
- Bien, je vous propose un nouveau marché. Je vous redonne le poste de centurion de la première cohorte, ainsi que des droits sur les nouvelles routes commerciales que nous allons ouvrir avec le royaume de Méliandre, avec des fonds pour démarrer votre projet. Même si vous récupérez vos titres et vos biens, vos anciens commerces ne sont plus et vos caisses sont vides. En échange, je veux que la première cohorte soit mobilisée afin de traquer les enfants des divins qui sèment le trouble dans le royaume. Prenez la tête du Soleil Doré comme avant et faites ce pour quoi vous êtes doué. Acceptez-vous, Ori ?

Un choix qui n'en était pas un. Si Ori refusait, cela voulait dire qu'il protégeait Rody et donc les enfants des divins par la même occasion.

- J'accepte, votre majesté.
- Parfait, bon retour parmi nous. Nous ferons ton entrée en bonne et due forme plus tard. Le dernier sujet de ce conseil, Nico Ignis D'Arckange.

Le roi marquait un silence à la fin de mon nom.

- Un jeune dracon. Alors dis-moi, d'où viens-tu ?

Je ne savais pas quoi répondre, alors je fis ce que je savais faire de mieux. Avoir confiance en moi.

- Pourquoi ?

D'une même voix, les conseillers s'indignaient.

- Tu es en présence du roi, comment oses-tu lui répondre de cette manière ?
- Silence !

D'un mot, le calme était revenu.

- Jeune dracon. Je respecte ton espèce, mais n'oublie pas que tu es en présence d'un roi. Je te demande d'où tu viens, car nous n'avions pas revu un seul dracon libre depuis la grande guerre.
- Je ne pense pas que vous sachiez d'où je viens même si je vous le disais.

Le roi tournait la tête vers le centurion Crève-Cœur qui confirmait que je ne mentais pas.

- Dis-moi toujours.
- Je viens de la Terre.

- Vous vous êtes enfui sous terre ?
- Non, je ne sais pas s'il y en a d'autres comme moi, mais j'étais tout seul là où j'étais.
- Comment as-tu fait pour te retrouver sous terre, vous aviez un passage secret ?
- Je n'étais pas sous terre, mais dans un endroit qui s'appelle Terre.
- Et où cela se situe ?
- Je ne sais pas.

Il soufflait.

- Tu ne m'apprends pas grand-chose.
- Moi non plus, je ne sais pas ce que je fais là.
- Que faisais-tu avant d'arriver ici ?
- J'étais enfermé, par des personnes qui se faisaient passer pour mes parents.
- Ils étaient humains ?
- Ils en avaient l'apparence, oui.

Il s'était penché en avant, les coudes sur la table et le menton caché par ses mains, pour me poser ses questions. Il se rassis au fond de son siège et réfléchit quelques secondes. Un conseiller levait doucement la main. Des cheveux noirs mal coupés, la peau blanche comme le marbre de la salle du trône.

- Oui, Oscar Proditor Calac ?
- Je me permets, votre majesté, de vous soumettre mon idée.

- Allez-y, je vous écoute.

- Merci, votre majesté. Je réfléchis depuis quelque temps aux conséquences qu'apporte le jeune dracon en pénétrant dans notre royaume. Comme vous le savez tous, le continent de Salar est très agité depuis quelques années et, d'après nos informateurs, toutes leurs cités tentent de faire la paix afin d'unifier leur continent. Nous savons que s'ils y parviennent, notre continent divisé sera leur prochaine cible. Il est également possible que, lors de la grande guerre, les dracons se soient réfugiés là-bas. Si une guerre éclate entre nous et Salar, je ne suis pas sûr que nous en sortions vainqueurs. À ça vient s'ajouter que si les dracons refont leur apparition et déclenchent une deuxième grande guerre, nous sommes perdus. Je propose donc d'envoyer le jeune dracon comme émissaire afin d'unifier nous aussi Asthropie, pour faire face à Salar et la potentielle attaque des dracons. Avec comme deuxième objectif d'éveiller ce que nous possédons, à l'aide des connaissances des autres royaumes et comme garantie qu'il ne sera jamais utilisé contre eux. Il devra servir les intérêts du continent et jouera avant tout un rôle de protection. Avant de partir, il pourrait essayer de l'éveiller. J'ai fini, merci de m'avoir écouté.

- Cette proposition est très intéressante. Est-ce que quelqu'un a autre chose à proposer ?

Un autre conseiller levait la main. Contrairement à Oscar, qui était rachitique, celui-là avait un bon coup de fourchette.

- Je vous en prie, Broland Bonum Constante.

- Merci, votre majesté. Je suis contre l'idée d'envoyer le jeune dracon hors de notre cité. Si les dracons peuvent effectivement revenir, ne vaut-il pas mieux que nous ayons un moyen de pression sous la main ?

Xal intervint lui aussi.

- Xal ?
- Merci, votre majesté. Je comprends votre raisonnement, Broland, cependant, cela peut jouer au contraire en notre défaveur. Notre royaume, contrairement à d'autres, ne détient pas de dracon en captivité, ce qui nous donne l'avantage de ne pas être leur première attaque. De plus, rien ne nous dit que le retour des dracons est un danger bien réel. L'arrivée de Nico n'est peut-être qu'une coïncidence, il n'a aucun contact avec ses pairs. Je suis de l'avis d'Oscar, le premier danger vient de Salar. La priorité est de nous unifier avec les autres cités pour préparer leur prochaine attaque. C'est aussi l'occasion de régler le problème de l'éveil qui traîne depuis des siècles. Avec cela, nous serions intouchables.
- Si personne n'a plus rien à ajouter, nous allons passer au vote. Qui vote pour que le jeune dracon reste dans l'enceinte de notre cité ?

Trois mains se levèrent.

- Qui vote pour envoyer le jeune dracon en tant qu'émissaire pour unifier le continent ?

Cinq mains se levèrent, avec celle du roi.

- Nous avons du trois contre cinq en faveur de l'envoi du jeune dracon en tant qu'émissaire. Je déclare la fin du conseil, nous tenterons d'éveiller ce que nous possédons avant son départ. Xal, nous t'informerons quand il devra revenir au palais.

Il se leva, sortit de la salle du conseil, suivi du colosse du soleil et de Crève-Cœur.

Chapitre 15

La bibliothèque royale

Xal nous raccompagnait jusqu'à la porte qui menait au jardin extérieur, avant de descendre les marches. Il nous disait qu'il avait encore des choses à faire et qu'il nous rejoindrait à la maison ce soir. Après l'avoir salué, Ori nous proposait de passer par la bibliothèque royale, afin de récupérer des livres qui appartenaient à sa famille et de peut-être en apprendre plus sur mon espèce et celle d'Atheos. Le cochet et le carrosse n'avaient pas bougé. Nous montions et prenions la direction de la bibliothèque. Une esplanade en petits pavés de calcaire, une grande statue de bronze du roi Alexandar se tenait au milieu. Ori nous pointait la bibliothèque, qu'il était difficile de louper. La façade faisait plus de cent mètres de long, centrée par un porche monumental, surmontée d'un dôme. Des colonnes parcouraient le long de la façade principale, entrecoupée de larges et longues vitres rectangulaires. L'entrée était un mélange de grilles dorées et de verre, qui venait épouser le fond du porche. Ori toquait à la vitre et, après quelques minutes, quelqu'un vint nous ouvrir. Un vieux monsieur à lunettes, les joues tombantes et tachetées. Ses cheveux faisaient le tour de sa tête mais ne passaient pas par le dessus. Il portait des vêtements bruns faisant penser à la cuculle des moines.

- C'est pour ?

Il avait une voix de quelqu'un qui n'aimait pas être dérangé.

- Je suis de la famille Stanfire, je viens vérifier les livres que possédait ma famille. Je les récupérerai plus tard.

- Ah bien sûr, la famille Stanfire. On m'a prévenu que vous passeriez bientôt. Je m'appelle Gofrey Liber Titus, je suis le responsable de la bibliothèque. Regrettable ce qui vous est arrivé, je suis content que ce soit réglé. Votre famille était férue d'histoire, cela peut se voir dans la quantité de livres que vous possédiez. Surtout en ce qui concerne les dieux et leurs enfants, ce sont des livres rares et précieux. J'ai presque de la peine de savoir qu'ils ne seront bientôt plus là.

Pendant qu'ils discutaient des livres qu'avait accumulés sa famille, nous avancions dans la bibliothèque. Elle avait la forme d'un trapèze, parcourue de longues galeries à étage ouvert. Nous approchions des escaliers qui menaient au premier étage. Nous montions jusqu'au deuxième et continuions vers le fond de la galerie à ma droite. Nous étions déjà bien haut, je regardais par-dessus la rambarde et me sentis perdre l'équilibre avec cette vue vertigineuse. Le vieux bibliothécaire s'arrêta et se mit à balayer du doigt les différents livres entreposés.

- Ah voilà, *Études des dracons et de leurs morphologies* de Marget Rabidus Silomp, *Lien du sang et croyance* de Trégor Joculator Cutos. C'est tout ce que possédait votre famille en matière de dracon, cependant votre famille ne possédait rien en matière d'esprit de la nature, j'en suis navré. C'est bien tout ce que vous vouliez ?

- Oui, merci Gofrey.

- Au plaisir.

Il repartit à ses occupations. Ori, quant à lui, fixait les livres désignés par Gofrey, comme s'il allait s'enfuir dès qu'il détournerait le regard. Il finit par se décider à les prendre et à se diriger vers les escaliers.

- Eh, le vieux. Tu penses que je peux jeter un œil, voir si je trouve un truc sur les esprits ?

- Si tu veux. Maintenant que l'on est là et, au pire, on te mettra dehors.
- Ça marche, je vais fouiller alors.
- Ne vole rien, sinon on sera exécutés.
- Ça va, je suis pas idiot et en plus je n'aime pas voler.
- Oui, oui, bien sûr.

Atheos lui fit une grimace avant de partir chercher les livres qui l'intéressaient.

- Rejoins-le, je vous attends avant de sortir.
- Merci Ori, à de suite.

Je courus au premier étage pour le rattraper, ce qui me prit moins de dix secondes et il n'était pas seul. Je le retrouvai face à une fille de notre âge, les cheveux châtains, le teint clair et les yeux marron. Tous deux tenaient le même livre. J'entendis Atheos bégayer quelque chose, mais je n'entendais pas ce qu'il disait. Je me rapprochai pour voir de quoi il en retournait.

- Comment fait-on ?

Demanda l'inconnue.

- On a qu'à le lire à deux, si tu veux ?
- Très bien, ça me convient.
- Ah Nico, je te présente Aurore Anceleau. On veut lire le même livre sur les esprits, il est plutôt gros. Ne m'entendez pas, je sais où est la maison.

Elle n'avait pas de surnom, peut-être ne venait-elle pas d'Arckange.

- D'accord, à tout à l'heure.

Visiblement, je m'étais dépêché pour rien. Je redescendis donc retrouver Ori, qui m'attendait devant. Je lui dis de ne pas attendre et que l'on pouvait y aller. Il n'attendit pas longtemps avant de faire toutes sortes de blagues à ce sujet.

De retour à la maison, nous entreprenions d'étudier les bouquins familiaux d'Ori. On se rendait compte par la même occasion que la lecture, ce n'était pas notre truc. Nous feuilletons avec beaucoup d'ennui et d'impatience, qui nous gagnaient à mesure que les pages se tournaient, à la recherche de choses intéressantes. Ce qui n'arriva pas, les livres n'employaient que des termes scientifiques, l'un comme l'autre. Je les aurais jetés par la fenêtre depuis longtemps si ce n'était pas un trésor familial d'Ori. Au vu de sa mâchoire crispée et de sa jambe qu'il secouait inlassablement, lui aussi, se retenait de le faire. Avant que le livre ne traverse la pièce, Xal rentrait de son travail.

- Je peux voir la fumée qui sort de vos têtes depuis l'extérieur. Ces livres vous donnent tant de fil à retordre ?

Sans répondre, Ori se leva brusquement et sortit prendre l'air.

- Je prends ça pour un oui. Rejoins-le, je vais regarder ce qu'il en retourne et l'on en discutera après.

Dehors, je me mis à la recherche d'Ori. J'allais à la rose d'or, là où moi et Atheos avions l'habitude d'aller. Ori la fixait, pensif. Je me mis à côté de lui.

- Tu en penses quoi, gamin ?
- Par rapport à quoi ?

- Ce qui te traverse l'esprit.
- Je ne sais pas trop, je suis un peu perdu. Ça fait beaucoup d'informations en peu de temps. Je ne sais pas si on tient à me garder sous contrôle ou à se servir de moi.
- Tu as envie de quoi ?
- De vivre libre, avec vous et de découvrir le monde. Si je pouvais aussi comprendre d'où je viens.
- Dans ce cas, partir en tant qu'émissaire n'est pas une si mauvaise idée. Tu partiras avec Atheos s'il le souhaite.
- Sûrement, je ne saurais pas comment faire tout seul.
- Parles-en lui quand il reviendra.
- Tu me dis ça comme si j'avais le choix d'être émissaire.
- Si j'ai bien retenu quelque chose dans cette vie, c'est que l'on a toujours le choix, quel qu'il soit.

Il marquait un temps à la fin de sa phrase avant de reprendre.

- Cette rose d'or, tu en penses quoi ?

Je ne comprenais pas bien où il voulait en venir.

- Elle est très belle et elle soigne.
- Je te demande pas ce qu'elle est, j'ai des yeux, mais ce que tu en penses.

Je pris mon temps pour réfléchir, je ne voulais pas répondre à côté. Je sentais que ma réponse ne lui convenait pas, cela le contrariait.

- Je trouve ça extraordinaire, de tel pouvoir de guérison. Sans elle, je pense que nous serions plus là pour parler.

- Je vois. Je ne peux pas être en désaccord.

Il prit le manche de son épée et sortit un tiers de sa lame de son fourreau. D'un mouvement rapide, il s'entailla le dessus de la main droite. Elle n'était pas profonde, mais occupait une bonne partie de la largeur de la main.

- Pourquoi t'as fait ça !?
- Regarde bien l'entaille, est-ce que tu as remarqué quelque chose ?

Je regardais attentivement la blessure d'Ori qui se refermait petit à petit, mais je ne remarquais rien de particulier. Il vit que je ne voyais pas ce qu'il attendait.

- C'est très subtil à regarder.

Il eut beau dire, je ne voyais rien à part le sang qui cessait de couler et la peau qui cicatrisait à vitesse grand V. La vitesse, maintenant que j'y pensais, quelque chose m'interpellait. Je touchais mon collier et pris ma forme draconique. Je continuais d'observer avec mes sens décuplés et je compris ce que voulait dire Ori. C'était tellement imperceptible que même avec mes super sens, j'avais des doutes.

- La vitesse. La guérison est plus lente qu'avant.
- Bien joué, petit ! T'es pas aussi bête que t'en as l'air.

Je n'étais pas sûr d'apprécier le compliment.

- La rose a commencé à perdre de son pouvoir. Je sais que tu n'es pas habitué à l'éther, mais comme pour tout généralement rien n'est sans contrepartie. Je me demande ce que Xal à dû faire pour obtenir un tel pouvoir.

- La perte d'un ami n'était pas suffisante ?

Xal était derrière nous et au ton qu'il employait, il n'avait pas apprécié la remarque d'Ori.

- Tu sais très bien que je ne parle pas de ça, Xal.
- De quoi parles-tu alors ? Je t'écoute, Ori.
- Laisse tomber, je m'excuse si je t'ai blessé.

Ori qui s'excusait, j'en tombais dénue.

- Ce n'est rien. Je pense avoir décortiqué pas mal d'informations des livres que vous avez ramenés. Allons en discuter à l'intérieur.

Les petits avaient mangé avant nous et avaient été emmenés au lit. Pour nous, le repas avait été préparé pour être pris dans le salon. Je mangeais goulûment mon morceau de pain accompagné de légumes. Atheos n'était pas encore rentré et cela commençait à m'inquiéter. Xal attendait un peu avant de commencer ses explications, pour me laisser le temps de finir mon repas et à Atheos de revenir. J'entendis la porte s'ouvrir lorsque je finissais ma sucrerie à laquelle j'avais toujours droit à la fin du repas.

- Désolé d'avoir mis aussi longtemps.
- Ce n'est rien. Prends ton repas dans la cuisine et rejoins-nous.

Il se dépêchait d'aller dans la cuisine, avant de s'asseoir à côté de moi. Ori s'empressait de taquiner Atheos sur son "rendez-vous". Ignorant ses sarcasmes, Atheos lui offrait comme seule réponse son silence. Xal toussotait et Ori interrompait ses railleries, ce qui ne l'arrêtait pas pour autant de continuer à rire dans sa barbe.

- Allons, allons, Messire Ori. Laissez ce pauvre enfant en paix.
- Ça va, ça va, j'arrête.
- Je vais donc vous expliquer ce que j'en ai compris. Tout d'abord Nico, ton corps de dracon possède et produit de lui-même de l'éther dont il se sert afin de faire fonctionner ton corps. Ce qui explique tes capacités supérieures à un humain lambda, cela se nomme l'éther inné. Pour l'instant, la quasi-totalité de ton éther inné se trouve dans ton collier. Il est, malgré ton espèce semi-divine, très faible comparé à ce que décrivent les livres. J'ai remarqué qu'il se développe au fur et à mesure que tu utilises ta forme draconique, comme si au lieu de retourner dans le collier, il restait en toi. Ton cas est très particulier, c'est donc très compliqué d'en comprendre le fonctionnement avec les informations que nous avons.
- Pour faire court, faut qu'on l'entraîne en utilisant ses pouvoirs.
- Oui, pour faire court, si vous voulez, Messire Ori.
- Pas besoin de longues explications alambiquées alors.
- Vous me fatiguez, bandes de brutes sans cervelle. Et toi, Atheos, j'imagine que tu ne veux pas chercher à comprendre ce que tu es ?

Le pauvre Atheos, qui n'avait rien demandé, se retrouvait impliqué.

- Si, bien sûr que oui, je veux savoir ! Ne me mettez pas dans le même panier que le vieux !

- Je suis plus âgé que lui, tu t'en es rendu compte ?
- C'est pas pareil.
- C'est exactement pareil, petit imbécile !

Protestait Ori, et Atheos l'ignorait une nouvelle fois.

- Si cela t'intéresse alors, je vais te dire ce que je sais par expérience. Comme je te disais hier, tu es soit un esprit, soit un fils d'esprit du vent. Tout comme Nico, tu n'as jamais utilisé ton pouvoir, même sous de fortes émotions à cause du collier d'esclave. Ce qui fait que jamais ton corps n'a vu d'éther circuler en lui, alors qu'il est fait pour. Contrairement à Nico qui possède de l'éther inné, nous, les esprits, absorbons et utilisons le type d'éther qui nous est affilié. Tu comprends ce que je veux te dire ?
- Un peu, mais pas vraiment, je dois l'avouer.
- Ce n'est pas grave, le plus simple, c'est que tu apprennes avec Nico et Messire Ori comment te servir de l'éther, le reste se fera tout seul.
- D'accord.
- Eh, pourquoi c'est moi qui m'y colle ? Vous croyez que j'ai qu'ça à faire d'entraîner des mioches ?

Je bombais mon torse et pris ma voix la plus assurée.

- Allez Ori, dis-toi que tu auras formé une légende.
- Comment tu veux qu'on survive dans ce monde cruel sans compétence. Tu auras notre mort sur la conscience, le vieux.
- Appelle-moi encore une seule fois "le vieux" l'albinos et je vais t'apprendre la discipline.

- Au moins, j'apprendrais quelque chose.
- Ah, j'en peux plus… C'est d'accord. Par contre, au premier qui rêvasse ou qui conteste, j'arrête.

Tout content d'apprendre la magie, le soir, avec Atheos, nous racontions nos futurs exploits et comment nous allions construire notre légende. Je lui proposais de m'accompagner dans mes prochains voyages.

- Ce que t'es bête, comme si j'allais dire non.

Me répondit-il tout sourire.

- Alors, c'était comment avec Aurore ?
- Hmm, intéressant.

J'explosais de rire.

- Comment ça, intéressant ?
- Eh bien, elle est intéressante, le livre que l'on a lu ensemble aussi.
- Mais je m'en fiche du livre, raconte-moi comment cela s'est passé avec la fille !
- Raa, t'es pénible. On a lu et discuté. Elle n'est pas d'ici, elle était intéressée par les esprits parce que son oncle, avec qui elle vit, lui a demandé de se renseigner.
- Ce ne doit pas être n'importe qui pour qu'il ait accès à la bibliothèque royale.
- C'est ce que je lui ai dit et elle m'a répondu que oui. Mais elle ne pouvait pas me donner son nom, elle pouvait seulement me dire que c'était un peintre célèbre.

- Tu as pensé quoi d'elle ?

Il se mit à se cacher sous les draps et dit à demi-mot.

- Elle est jolie.

Je rigolais de plus belle. Mon euphorie fut vite interrompue quand la porte s'ouvrit. Xal n'était visiblement pas très content du bruit que l'on faisait à une heure si tardive et apparemment, on avait réveillé les petits qui dormaient dans la pièce d'à côté. Il nous sommait de faire moins de bruit avant de retourner se coucher. Nous baissions donc d'un ton et blablations un peu avant de sombrer dans les bras de Morphée.

Chapitre 16

L'excentrique

Le matin, Xal nous expliquait qu'il tentait d'obtenir l'autorisation pour que nous puissions utiliser un camp d'entraînement afin d'apprendre à développer notre manipulation de l'éther. Il y avait des chances que notre apprentissage cause quelque dommage à l'environnement, et il était hors de question de saccager son jardin. Nous passions le reste de la matinée à jouer avec les petits sous l'œil avisé des deux assistantes de Xal, Mina et Soara. J'ai retenu Aleo, Fina, Milo, Fino, Rent et, après, je plaide coupable, j'ai oublié les autres.

Après le repas de midi, Atheos me traînait dehors. Il faisait la moue et jouait avec une pierre dans l'allée.

- Aurore m'a proposé de passer la voir cet après-midi, elle et son oncle. Tu veux bien m'accompagner ?

- Elle te l'a dit quand ?

- Hier à la bibliothèque.

- Mais pourquoi tu ne me l'as pas dit avant ?

- J'ai pas osé…

- Bien sûr que je t'accompagne. Comme tu m'as dit, ce que t'es bête comme si j'allais dire non.

Nous partions tous les deux voir Aurore et son oncle. Si moi j'étais détendu, Atheos, lui, était anxieux.

- Allez, arrête de stresser, ils ne vont pas nous manger.
- Apparemment son oncle est super célèbre. Moi, il y a même pas une semaine, j'étais un esclave.
- Tu te mets trop de pression pour rien, détends-toi. De toute façon je suis avec toi. Célèbre ou roi, s'il te parle mal, je le découpe.
- Mouais, je suis pas sûr que découper son oncle fasse bonne impression à Aurore.
- Elle t'invite à les voir, tu lui as déjà fait bonne impression. Ne te bile pas.
- Hmm.
- En plus, grâce à Xal on a des tenues hyper classes.

Je lui faisais un clin d'œil et je prenais la pose dans la rue. Quelques passants s'arrêtaient, mais je m'en moquais ; les rires de mon ami effaçaient toute honte.

- Merci, Nico. J'en avais besoin.
- Ton problème, c'est que tu réfléchis trop et que tu veux être trop juste, mais ça c'est un autre problème.
- Eh ! Et toi, ton orgueil, tu l'oublies peut-être ?
- Je suis peut-être un tantinet orgueilleux, mais ça ne me fige pas.
- Ouais, ouais, en tout cas, je ne mourrai pas parce que, soi-disant, je suis plus fort que tout le monde.

Il me tirait la langue.

- N'empêche, je ne suis pas mort.

Je lui tirais la langue en retour, et nous continuions nos chamailleries jusqu'à ce qu'Atheos m'indiquât que nous étions arrivés. Contrairement à ce que je m'attendais, c'était une maison modeste, voire vétuste. Elle semblait écrasée par les deux autres demeures qui l'entouraient. Le bois dont était faite la maison était fissuré en bien des endroits, et j'eus peur qu'elle ne s'écroulât à la moindre brise. Le quartier, quant à lui, n'était pas mal famé, mais il n'était pas luxueux pour autant. Il semblait à l'abandon, et les rares maisons qui s'y trouvaient n'étaient pas en très bon état. Sans les quelques plantes et arbustes, cet endroit aurait paru bien mort.

- Atheos, tu es sûr que c'est ici ?
- Certain, même si c'est plutôt étrange. Elle m'avait prévenu que l'endroit n'était pas super joli, mais là c'est carrément mort.
- Je ne savais pas que la ville contenait ce genre d'endroit.
- Je pense, au vu des ruines par-ci, par-là, que c'est pour construire des industries.
- Comment ça ?
- Je pense qu'ils ont détruit et relogé les habitants pour en faire un lieu de production ou autre.
- Si tu le dis. Bon, on entre ?
- Je ne sais pas si c'est une bonne idée.
- Allez, toque.

En soupirant très fort, Atheos toquait à la porte et venait vite se poster à côté de moi. Après un long moment de silence où je dus retenir Atheos de s'enfuir, Aurore nous ouvrit. Je devais bien le reconnaître : elle était belle, pas mon style, mais belle tout de même.

- Ah, Atheos, je suis contente que tu aies pu venir. Tu as amené Nico aussi ? Vous venez prendre le thé ?

Bien que celui de Xal fût appréciable, je n'aimais d'ordinaire pas le thé. Pourtant Xal m'en avait fait goûter une panoplie, mais rares étaient ceux à mon goût. Par politesse, j'allais accepter, mais Atheos intervenait avant.

- Nico est plutôt difficile en thé, mais moi ce sera avec plaisir.

- Oh, pas de soucis, on a des gâteaux, si ça te va ?

- Oui, parfait.

Il m'évitait de devoir avaler quelque chose que je n'aimais pas, ce que je détestais par-dessus tout, mis à part d'être privé de liberté, cela va sans dire. L'intérieur, contrairement à ce que laissait penser l'extérieur, était d'une propreté impeccable. La maison avait du vécu, et les meubles étaient abîmés, mais tout avait été soigneusement rangé. Dans un ordre très précis, chaque chose était à sa place, et pas un seul grain de poussière à l'horizon. Une table avait déjà été dressée : elle avait prévu notre venue, chacun sa tasse et sa part de gâteau. Nous nous installions, et au lieu du thé, Aurore me servait de l'eau. Atheos était très timide, et Aurore ne semblait pas, elle non plus, indifférente. Cela m'amusait beaucoup d'assister à ce petit jeu de séduction, mais je finissais par trouver le temps long. Les deux tentaient, comme ils le pouvaient, de m'inclure dans leur discussion, mais il ne faisait aucun doute que je tenais la chandelle.

Pour mon plus grand bonheur, j'entendis des pas descendre d'un escalier. Dans l'encadrement du salon, qui donnait sur le couloir, une nouvelle silhouette apparaissait : un homme aux yeux bandés par des linges blancs, avec des mèches de longs cheveux noirs qui dépassaient en bataille de sa capuche.

- Mon oncle, êtes-vous enfin venu saluer nos invités ?

Son oncle était donc aveugle. Je trouvais cela tout de même étrange qu'un aveugle qui se déplaçait avec tant d'aisance. Il donnait l'impression de savoir exactement où il était et où nous étions. Il se mettait tout à coup à hurler. Surpris, Atheos et moi manquions de tomber de notre chaise.

- VOUS ÊTES MAGNIFIQUES ! POURQUOI N'ÊTES-VOUS PAS PRÊTS ?

Surpris par cette entrée qui ne commençait même pas par un bonjour, nous restions bouche bée. Ce qui ne fut pas le cas d'Aurore.

- Ah non ! Tu ne vas pas recommencer !
- MAIS ILS NE SONT PAS PRÊTS !
- Baisse d'un ton, ou les médicaments, tu te les feras tout seul !
- Prêts…
- Soit tu te présentes, soit tu t'en vas ! Tu ne vois pas comment tu les as choqués ?
- JE SUIS LE MESSAGER DE LA VIE !

Aurore lui mettait une violente tape derrière la tête, pourtant il n'était pas petit.

- Tu vas baisser d'un ton, oui ?!

Il fit signe qu'il se rendait.

- Je m'appelle Senlior et VOUS N'ÊTES...

Aurore levait la main en signe d'avertissement, et, de peur de recevoir un autre coup, il arrêtait de crier.

- Pas prêts...

Atheos, qui, comme moi, ne comprenait rien à ce qui se passait, interrogeait Senlior.

- Pas prêts pour quoi ?
- Pour être une œuvre d'art, quoi d'autre ?

Mon ami et moi nous nous regardions ; d'un langage muet, nous convenions qu'il était fou.

- Excusez-moi pour mon oncle, il est un peu... excentrique, disait Aurore.
- Mais voyons, Aurore, tu ne vois donc pas qu'ils ne sont pas prêts !
- Ça suffit ! Monte, je vais te préparer tes médicaments, c'est l'heure.

Il tournait les talons en grommelant que nous n'étions pas prêts, et nous l'entendions remonter les escaliers.

- Pardonnez-moi pour ça, disait Aurore.

Atheos s'empressait de la réconforter.

- Ne t'inquiète pas, ce n'est rien. Il est tout le temps comme ça ?
- La plupart du temps, mais il était particulièrement excité de votre venue. Il avait surtout entendu parler de toi, Nico.

Je croyais voir passer sur le visage de mon ami une ombre de jalousie.

- Pourquoi moi ?
- Eh bien, tu es un dracon, on n'en voit pas tous les jours. Quand je lui ai dit que je connaissais, en plus, quelqu'un en lien avec les esprits, il était surexcité à l'idée de vous rencontrer. Un peu trop…
- Hier, tu m'as dit que ton oncle était célèbre. En quoi ?
- C'est un peintre, ses peintures à l'aquarelle sont les plus demandées du monde.
- Je ne m'y connais pas trop en peinture, et il me semble que Nico non plus. Il a peint quoi ?
- La plus célèbre est sa première peinture, *Baile Nébuleux*. Ses peintures sont comme vivantes.

Atheos frissonnait.

- Quand il nous disait que nous n'étions pas prêts, rassure-moi, il ne voulait pas nous "mettre" dans sa peinture ?

Elle éclatait de rire.

- Bien sûr que non, à quoi tu penses ?

Elle rigolait de plus belle.

- Si ses peintures paraissent autant vivantes et qu'il dit que vous n'êtes pas prêts, c'est simplement parce qu'il voit l'eau.
- Il voit l'eau ?

- Oui, il perçoit l'humidité de l'air, mais aussi à l'intérieur du corps, même si je ne comprends pas vraiment comment cela fonctionne. On peut dire qu'il voit ce qui l'entoure, mais c'est aussi comme s'il pouvait voir l'énergie de chaque personne. Il se sert de son don pour peindre, ce qui rend ses tableaux vraiment incroyables. Bon, excusez-moi, je vais préparer ses médicaments.

Elle se levait pour fouiller dans les placards.

- Il est malade ? demandais-je.

Elle sortait des liquides aux couleurs étranges dans des fioles en verre.

- Non, il souffre simplement à cause de ses yeux. Cet idiot se les est crevés lui-même.
- Pardon ?
- T'as bien entendu. Il voulait mieux voir, c'est ce qu'il disait, alors avec ses pouces...
- Stop ! Arrête-toi là, j'ai compris.

Atheos avait des spasmes et faisait une tête dégoûtée. J'en étais maintenant convaincu : son oncle était complètement fou. Nous la laissions faire tranquillement ses médicaments, puis nous lui disions au revoir avant de partir.

Chapitre 17

Drasil

Le lendemain, j'étais convié à me rendre au palais. Xal me mit en garde maintes fois : ce que j'allais voir là-bas ne devait sous aucun prétexte être répété, à moins que le roi lui-même ne l'ordonne. Si je ne respectais pas cette règle, je serais, ainsi que tout ce qui m'entourait, immédiatement exécuté pour haute trahison envers le royaume et sa majesté. Atheos ne pouvait pas m'accompagner, et Xal ne le pouvait que jusqu'à un certain point.

Nous partîmes, Xal et moi, en direction du palais. Une fois que nous eûmes gravi ces interminables marches, le roi, accompagné d'une tripotée de gardes, nous attendait. La garde qui l'entourait n'était pas composée de novices. Comme d'habitude, j'y retrouvais le colosse du Soleil, toujours aussi aimable, ainsi que Crève-Cœur. Les autres gardes m'étaient inconnus, mais leurs équipements luxueux et impressionnants révélaient leur statut de soldats aguerris.

Sans un mot, Xal me laissa avec eux, et je fus emmené plus loin dans le palais. Nous traversâmes la salle du trône, puis enchaînâmes les allées et venues dans ses nombreux recoins. Enfin, nous arrivâmes devant une porte simple. Le roi murmura quelque chose avant de l'ouvrir. En file indienne, nous pénétrâmes dans un passage étroit qui s'enfonçait sous le palais.

Le chemin était plongé dans l'obscurité, et personne n'avait pris de quoi nous éclairer. J'avais l'impression que le temps s'étirait à l'infini dans ce couloir sans fin. Nous semblions tourner légèrement à droite tout du long, mais mes sens, privés de la vue, étaient troublés.

Après une éternité, une porte se dessina devant moi, éclairée par la lumière qui passait entre l'huisserie. Le roi murmura à nouveau et ouvrit la porte. Ses gestes, précis et déterminés, donnaient l'impression d'avoir été anticipés toute sa vie.

L'odeur qui s'en dégageait était étrange, et l'air moite. La pièce, entièrement de pierre, était éclairée par des gemmes phosphorescentes incrustées dans les murs. Elle ne contenait qu'une grande porte ronde ornée de gravures indéchiffrables, même avec le pouvoir du collier. De fines colonnes serpentaient sur les murs comme des racines.

Le roi ordonna qu'on me bande les yeux. Ce fut le colosse qui s'en chargea, et il ne se montra pas délicat : le bandeau était si serré que je craignais d'en garder la marque.

Après ce qui me parut une éternité, j'entendis le grincement de la porte, un bruit infâme de pierre contre pierre. Pourtant, personne ne songea à m'enlever le bandeau. Nous continuâmes à avancer dans l'obscurité, et je trébuchai sur le seuil de la porte, qui avait glissé dans le sol en laissant une petite marche. On me releva sans ménagement, et l'espoir que ma chute leur rappelât ma cécité s'évanouit rapidement.

Nous descendions encore, si profondément que je craignis d'atteindre les entrailles de la terre.

Enfin, le roi ordonna qu'on m'ôtât le bandeau.

Devant nous, un escalier étroit descendait vers une lumière blafarde. Les gardes, trop larges, devaient se contorsionner pour passer, raclant leurs armures sur les murs. Le colosse du Soleil dut même retirer son plastron pour se faufiler. Il finit par se retrouver derrière moi, ce qui me rassura un peu après qu'il m'eut rattrapé de justesse lorsque j'avais perdu l'équilibre.

- Jeune dracon, je te déconseille de regarder en bas, me prévint le roi.

Bien sûr, je ne pus m'empêcher de jeter un œil. Sous mes pieds s'étendait le vide, vertigineux. Je ne voyais ni le haut ni le bas de la grotte.

Le roi, impassible, avançait jusqu'à une plateforme en demi-cercle au centre de laquelle trônait un dôme noir, semblable au métal de mon épée. Un piédestal en pierre ponce soutenait un cristal couleur rubis, cerclé d'acier pour le maintenir immobile.

Une fois que nous fûmes tous réunis, le roi pressa son pouce contre la pointe du cristal, laissant perler une goutte de sang. Celle-ci s'écoula le long de la pierre avant d'être absorbée par la pierre ponce, qui semblait la boire instantanément.

Le dôme se mit à vibrer et s'ouvrit lentement, révélant un œuf noir à la coquille lisse, aussi sombre que la nuit.

- Va-y, jeune dracon, dit le roi.
- Euh… Je suis censé faire quoi, exactement ?
- Je ne sais pas. Essaie quelque chose avec tes flammes, ou entre en contact avec lui. Peu importe, tente.

Je posai mes mains sur l'œuf, tentant de communiquer par la pensée, mais rien ne se produisit. Me concentrant, je fis appel à mes flammes, comme dans l'arène. Une chaleur familière monta en moi, et, pour la première fois, je réussis à faire jaillir une petite flamme volontairement.

Cependant, l'œuf resta inerte.

- Rien ? demanda le roi avec impatience.

- Non…

Il m'accorda un peu plus de temps, promettant une récompense inestimable si je réussissais, mais en vain.

Finalement, nous quittâmes la salle, bredouilles. Le retour se fit en silence, et Xal me ramena chez nous sans un mot.

Le soir, bien que l'envie de raconter mon aventure à Atheos me brûlât, je repensai à l'avertissement de Xal et me tus. Heureusement, Atheos, ayant lui aussi assisté à la mise en garde, ne posa pas trop de questions.

La nouvelle que Xal avait obtenu la permission de nous entraîner sur le terrain militaire égaya le reste de la soirée. Nous plaisantions sur les méthodes excentriques qu'Ori pourrait employer pour nous enseigner l'éther.

Le lendemain à l'aube, il nous réveilla en hurlant :

- Debout, les fainéants !

Le jour pointait à peine que nous étions déjà sur le terrain militaire, droits comme des piquets.

- Vous avez demandé à être entraînés. Vous le serez, comme je l'ai été, déclara Ori. Si vous voulez abandonner, c'est maintenant.

Voyant que nous ne bronchions pas, il continua.

- Je vais non seulement vous apprendre à maîtriser l'éther, mais également à vous battre avec une arme. Nico, tu ne maîtrises que les bases, tu n'as aucune technique, mis à part te jeter tête baissée. Atheos, tu n'as rien. Tu es peut-être agile, mais à part fuir, tu ne sais pas comment exploiter cet avantage. Allez, les gamins, on passe au tour de terrain !

Il nous fit courir pendant plus d'une heure, sans que je puisse utiliser ma forme draconique. Des soldats allaient et venaient, mais ils nous gardaient à l'œil. La plupart étaient simplement curieux, d'autres plus méfiants. Quand il nous arrêta enfin, Atheos et moi nous écroulâmes, à bout de souffle et assoiffés. Sans notre copieux petit-déjeuner, j'aurais probablement tourné de l'œil depuis un moment.

Pendant que nous courions, Ori était allé chercher un seau d'eau avec une louche en bois. Je me jetai dessus et bus précipitamment. À tour de rôle, Atheos et moi nous passions la louche pour nous abreuver. Pendant ce temps, Ori marquait un large cercle dans la terre et se plaçait à l'intérieur.

- Que de nostalgie, ce bon vieux cercle. Les gamins, je vous présente le cercle, on lui dit bonjour.

Il voulait que je salue de la terre ?

- On lui dit bonjour et qu'ça saute !

- Bonjour !

La honte. Je commençais à regretter d'avoir accepté cet entraînement.

- Bien. Les règles du cercle sont simples : pas d'éther offensif, seulement celui qui renforce le corps. Pas d'armes non plus. Si l'on sort du cercle, on a perdu. Si on se rend, on a perdu. Pour cette fois, vous avez le droit d'utiliser vos pouvoirs et les armes que vous voulez. Je serai votre adversaire.

Un attroupement de soldats se formait autour du cercle d'Ori, ce qui mettait encore plus de pression.

- Eh oui, on n'est pas chez Xal ici, c'est un camp militaire. Ce papy vous a trop couvés.

- Oh, mais c'est ce bon vieux Ori !

Un homme habillé comme Ori se fraya un chemin à travers la foule. Il avait les cheveux noirs, lisses et longs, des yeux légèrement en amande et une peau mate. Il dépassait les autres soldats d'une tête, sans pour autant paraître plus costaud. La suffisance et la fourberie se lisaient sur son visage.

- Comment vas-tu ?

Il ne masquait même pas la fausseté dans sa voix.

- Lopio, tu n'es pas censé dire aux autres de se bouger le cul plutôt que de nous regarder ?

- Comment leur en vouloir ? C'est un spectacle des plus rares. Te voir entraîner notre nouvel émissaire et son acolyte !

- Je te remercie d'avoir tenu ma place au chaud le temps que je revienne.

- Avec plaisir ! Ça va te faire drôle de retrouver la première cohorte après tout ce temps. Cela m'a pris un certain temps de tous les faire changer de section. Ils t'étaient très fidèles, tu sais. Je ne sais pas ce que tu leur as dit, mais ils n'ont pas bronché lors de l'annonce de ta radiation. Quand ils ont appris l'assassinat de Rody, ce fut une autre histoire. Tu savais qu'ils avaient proféré des menaces contre le royaume ? On ne pouvait pas laisser passer ça, tu comprends ? Quelques-uns ont réussi à s'enfuir. Le reste... Tu sais quelle est la sentence pour les traîtres. Mais attends, j'ai gardé le meilleur pour la fin : ceux qui ont réussi à s'enfuir, devine où ils sont allés. Bon, je vais t'aider : ils ont rejoint les Enfants des Divins, et c'est justement le groupe que tu dois traquer et exécuter. Alors, l'honneur de ta famille ou tes anciens compagnons ?

Il riait à gorge déployée, mais Ori restait impassible. Lopio s'arrêta brusquement, déçu de ne voir aucune réaction.

- Allons, même pas un petit agacement ? Tu n'es vraiment pas amusant. Ça te dit un petit combat à l'ancienne dans le cercle ? Ça ferait une bonne expérience pour tes deux apprentis.
- Pourquoi pas ? Tu sais que je t'ai toujours mis la misère.
- Je ne sais pas si tu t'es entraîné pendant ta longue période hors de l'armée, mais moi, je n'ai pas chômé.
- On va vérifier ça. Les gamins, éloignez-vous.

Nous nous écartâmes du cercle pour nous retrouver dans la foule, excitée par l'annonce du combat. Lopio désigna un jeune soldat.

- Toi, tu feras l'arbitre. Viens lancer le combat.
- Ou… Oui.

Il fit trois pas en avant et leva la main en l'air. Quand il l'abaissa, il cria :

- Commencez !

Lopio avançait calmement vers Ori. Surpris par cette nonchalance, Ori le laissa faire. Quand Lopio fut à portée, il tenta un direct du droit, mais malgré la vitesse de son coup, Ori l'esquiva aisément.

Pris dans son élan, Lopio en profita pour placer un uppercut sous la mâchoire d'Ori, suivi d'un coup au foie qui le fit reculer.

Pourtant, Ori se remit rapidement en garde et feinta en levant son pied droit avant de tenter un crochet gauche. Lopio esquiva encore, puis donna un coup de pied direct dans le plexus d'Ori.

Atheos et moi retenions notre souffle. Nous n'avions jamais vu Ori se battre et étions inquiets qu'il se fasse autant mener. Malgré le coup, Ori ne sortit pas du cercle.

- Les gamins, vous regardez bien le combat, j'espère ?

Pourquoi gâchait-il son souffle ? Bien sûr que nous regardions, comment aurait-il pu en être autrement ?

- Vous aurez des questions à la fin, et si vous n'arrivez pas à y répondre, ça va barder. Bon, le cours est terminé.

La suite fut d'une violence extrême. Je n'eus même pas le temps de voir Ori bouger tant il fut rapide. Le bruit sec de la tête de Lopio frappant le sol fit taire tout le public. Ori se releva, retira sa main de la tête de Lopio, qui gisait inconscient.

- On passe à l'entraînement ? Ramassez-moi ça tant que vous y êtes, ça gêne.

Lopio avait la tête en sang, et la violence du choc avait fissuré le sol. Était-il au moins toujours en vie ? Ori me sourit comme s'il avait lu dans mes pensées et me fit signe d'avancer pendant que les autres transportaient l'ancien centurion.

- Ne vous inquiétez pas, les jeunots, je serai plus doux qu'avec l'autre cynamor.

J'espérais bien, sinon l'entraînement ne durerait pas longtemps.

- Allez, le gamin tout blanc, tu passes en premier.

- J'ai un prénom, le vieux.

- Je sais, mais ça te va franchement mieux.

- Tss...

- Arrête de réfléchir et attaque-moi.

Atheos sortit de sa manche un couteau de l'argenterie de Xal.

- Xal ne va pas apprécier, dit Ori en riant.

Atheos lui répondit en se jetant sur lui, couteau en avant. Ori frappa du pied, provoquant une onde de choc qui déstabilisa Atheos. Il posa sa main ouverte sur le ventre d'Atheos et l'envoya valdinguer hors du cercle.

- Ça, c'est pour le vieux.

Le pauvre Atheos retomba sur deux soldats restés spectateurs.

- T'as peur de me faire mal ? Tu es bien plus réfléchi d'habitude. Tu t'attendais à quoi en courant droit sur moi ? À toi, Nico.

Je pénétrai à mon tour dans le cercle et sortis mon épée, comme Ori l'avait autorisé. Je savais que faire des flammes ne servirait à rien, vu que je n'étais tout juste capable que d'allumer une flammèche après dix minutes d'efforts. Perdu pour perdu, je m'élançai et tentai une estocade à sa jugulaire.

Ori dévia la pointe de ma lame avec sa main, me saisit le poignet et le haut de mon pantalon pour me jeter hors du cercle comme un vulgaire sac.

Après que tout le monde fut parti, nous nous installâmes dans le cercle, assis avec le seau d'eau à côté de nous. Ori commença alors son questionnaire.

- Qui a trouvé le pouvoir de Lopio ?

Aucun de nous deux ne réagissait.

- On va faire étape par étape alors. Qu'avez-vous remarqué pendant le combat ?

Atheos répondit :

- Il esquivait beaucoup trop rapidement.
- Développe.
- Il esquivait au même moment que tu donnais ton coup, comme s'il savait où tu allais frapper.
- Et toi, Nico, qu'en penses-tu ?
- Je suis d'accord avec Atheos, il bougeait bizarrement, comme s'il voyait les choses en avance.
- Bonne capacité d'analyse, les jeunes, c'est bien, c'est important pour s'améliorer. Je vous ai laissé quelques indices pour vous mettre sur la piste. J'ai commencé avec un direct du droit alors que je suis gaucher, et cela ne l'a pas perturbé, alors qu'on s'est rencontré quand on était encore que des novices. J'ai également tenté une feinte avec mon pied droit, mais il n'a même pas sourcillé. Alors, qui peut me dire son pouvoir ?

On répondit en même temps :

- Il peut voir le futur.

- Perdu.

Il rigolait et se moquait de nos têtes décontenancées.

- Vous n'êtes pas si loin. Il peut prédire les coups de ses adversaires. Si c'est comme à l'époque, il y a comme un système de pourcentage. Plus il veut savoir où va aller le coup précisément, plus il a de chances de se tromper. Au dernière nouvelle, il s'entraînait pour que ça fonctionne avec les objets. Évidemment, toute technique a ses failles. J'allais bien trop rapidement pour que même en sachant ce que j'allais faire, il ne puisse pas l'esquiver. Comme me disait mon ancien chef : si tu n'arrives pas à résoudre un problème avec de la force brute, c'est que tu n'en utilises pas assez.

Il se remit à rigoler. Atheos se mit la tête dans sa main, dépitée.

- Passons à votre entraînement de la manipulation de l'éther. Nico, ça sera plus simple pour toi. Tu n'as qu'à te souvenir de la sensation que tu avais au tournoi et ça devrait le faire. Évite simplement de tout cramer. Atheos, il va falloir que tu cherches un souvenir qui te fait ressentir de fortes émotions, quoi qu'elles soient. C'est toujours plus facile avec de la colère, mais ce n'est pas obligatoire. L'essentiel, c'est de ressentir le flux d'éther auquel vous êtes affiliés et de vous en souvenir, pour le répéter jusqu'à ce que ce soit aussi inconscient que de respirer.

Sous ma forme draconique, je m'efforçais d'agrandir ma flamèche, et petit à petit, je voyais une différence. Atheos, quant à lui, les yeux fermés, cherchait un souvenir. Il dut y parvenir, car en fin de matinée, le vent tourbillonnait légèrement autour de lui, soulevant la poussière. Nous mangions dans la caserne, accompagnés d'autres soldats. Ori ne mangeait pas à notre table, nous nous sentions entourés d'inconnus. Trois garçons, plus grands que nous, assis en face, nous zyeutaient, échangeant des messes basses. Ils commençaient à m'agacer, d'autant plus que la nourriture sur la table ne me faisait clairement pas envie.

- Vous avez quelque chose à nous dire ?

Ils se turent quelques secondes, surpris. Celui du milieu se ragaillardit devant ses deux autres copains.

- On ne t'a jamais appris le respect, petit ?

J'allais lui sauter dessus, mais Atheos mit sa main sur mon épaule pour me retenir. Il me fit non de la tête et me passa un morceau de pain qu'il avait pris en plus. Je me suis calmé, ignorant les provocations qu'il continuait de m'adresser. Jusqu'à ce qu'il me jette un morceau de pain au visage. Mon sang ne fit qu'un tour, et Atheos ne tentait même pas de m'apaiser. Je me levais pour venir me tenir en face de lui. Le temps que je fasse le tour de la table, Ori m'attendait à côté du soldat.

- Tu allais faire quoi ?
- Discuter.
- Ouais, discuter hein ? Tu te fous de moi en plus ?
- Il parle dans notre dos.
- Et alors ? T'es pas assez grand pour l'ignorer ?

Je ne répondis pas. Cela me paraissait profondément injuste.

- Toi, comment tu t'appelles ?
- Sordano, mon commandant.
- Et toi, t'as quel âge pour parler dans le dos des gens et provoquer plus jeune que toi ? Va courir !

- Combien de temps, mon commandant ?
- Jusqu'à ce que je te dise d'arrêter !
- Oui, mon commandant !
- Et tu dis merci !
- Merci, mon commandant !

Il partit courir à l'extérieur. Ses deux copains baissaient la tête en essayant d'esquiver le regard de Ori.

- Allez, finissez de manger et on se retrouve dehors pour la suite de l'entraînement.

Après avoir grignoté tous les morceaux de pain que j'avais pu trouver, nous revoilà sur le terrain d'entraînement, entourés par les autres légionnaires qui s'entraînaient eux aussi. Pour mon plus grand plaisir, Sordano continuait de faire des tours de terrain.

- Nico, tu possèdes une épée courte et tu as les bases. Ce qu'il te manque avant tout, c'est un bouclier. Ton pouvoir est offensif, il n'y a rien que tu puisses faire à quelqu'un lourdement équipé. Il te faut un moyen de défense afin de pouvoir trouver des failles chez ton adversaire et de pouvoir te protéger. Tu travailleras donc ta technique à l'épée et au bouclier. Atheos, ton point fort, c'est ta mobilité et ton sens réfléchi de la situation. Avec cela et ton pouvoir, cela te permettra d'aisément trouver les failles de ton adversaire et de les exploiter. L'arme la plus adaptée sera la dague, une dague pour chaque main. Prenez les armes d'entraînement.

Les heures suivantes, Ori nous montrait comment rendre nos mouvements plus fluides selon notre type d'armement et comment contrer les autres. La fin de l'après-midi approchait et nous étions épuisés. Il nous expliquait qu'à partir de demain, nous commencerons par un footing matinal avec un entraînement de l'éther. L'après-midi, footing et entraînement aux armes. Le soir, Xal nous apprendrait à lire une carte et tout ce qui peut nous servir en dehors des murs de la cité. Quand nous sommes rentrés, Atheos accourut pour voir Xal.

- Xal ! Quand on était au camp d'entraînement, Ori a dit que tu étais un papy.

Il se retournait vers Ori avec un sourire malicieux. Ori détournait la tête et fit mine de chercher quelque chose.

- Non, que vous paraissiez en forme pour quelqu'un dont on ne connaît même pas l'âge.

Xal leva un sourcil.

- Eh bien, il est vrai que je ne suis pas tout jeune. Si vous voulez m'appeler papy, vous le pouvez. À ce sujet, Atheos, il te faudrait un nom maintenant que tu as la civilité Arckagnégne. Que dirais-tu de prendre le mien ?

Atheos perdit immédiatement son sourire de farceur pour être remplacé par un regard d'enfant.

- C'est vrai ? Tu m'adopterais ?
- Bien sûr. Je vous considère comme mes petits enfants. Je te propose Nivibus comme surnom, ce qui donnerait Atheos Nivibus Syla. Cela te plaît ?

Atheos pleurait. Xal le prit dans ses bras, et je crus voir une larme briller dans le creux de ses paupières. Peut-être était-ce mon imagination. Je dois avouer que cela ne m'a pas laissé indifférent non plus.

Chapitre 18

Ce n'est qu'un au revoir

Nous passions environ deux mois dans notre routine. À mesure que nos corps et nos pouvoirs se renforçaient, celle de la rose d'or s'amenuisait. Ori avait récupéré ses deux armes favorites, confisquées lors de sa radiation de la légion. Renommées « taper » et « fort », ses deux marteaux de guerre, à qui il montrait bien plus d'affection qu'à nous. Atheos avait toujours ses périodes d'absence de temps en temps, et j'avais l'impression que ces derniers jours, cela lui arrivait plus fréquemment. Il refusait de me dire quel souvenir il avait utilisé pour débloquer ses pouvoirs. Le temps passait et je ne savais pas quand est-ce que j'allais devoir quitter Arckange. Nous finissions notre tour de terrain de l'après-midi et après une petite pause bien méritée, nous enchaînions avec un duel amical. Le matin, c'était le cercle et l'après-midi les duels.

- En garde ! me cria Ori. Je me plaçais avec mon bouclier, face à Atheos, qui avait ses dagues en avant, les pointes vers l'extérieur. Ori donnait le signal et je fonçais vers Atheos pour ne pas lui laisser le temps de réfléchir. Une rafale de vent souleva la poussière, me forçant à lever mon bouclier pour ne pas me la prendre dans les yeux. J'abaissais légèrement le bouclier et Atheos n'était plus là. Le vent retombait et je l'entendis derrière moi. Je me retournai en donnant un violent coup de bouclier, qu'il prit en ayant à peine le temps de mettre sa garde. Il fut projeté, mais il contrôlait sa chute pour se relever. Ori stoppait le combat.

- Une touche, victoire de Nico. Atheos, tu aurais dû maintenir le vent jusqu'au bout pour masquer le son et tu hésites trop. Tu as perdu une demi-seconde qui t'a été fatale. Quant à toi Nico, au lieu de la jouer brute, ce qui n'était pas une mauvaise idée au début, tu aurais dû utiliser la palette d'outils que te proposent tes pouvoirs. En augmentant la chaleur autour de toi sans l'utiliser de manière offensive, tu aurais pu soit perturber les vents, soit le faire reculer. Réfléchis à comment utiliser ton pouvoir de manière optimale pour te sortir de toutes les situations. Ta force et tes sens ne sont pas tes seuls atouts.

- D'accord, Ori.

L'entraînement de l'après-midi terminé, nous rentrions chez nous. Xal, comme tous les autres soirs, nous attendait dans son bureau à l'étage pour étudier les cartes et les autres cultures. Son bureau, très sobre et organisé, était comme tout le reste de la maison, très naturel. Le bois finement décoré par de grands menuisiers rendait la pièce élégante, malgré le manque de décorations. Les plantes sillonnaient le bureau du plafond au plancher, pour peu qu'il y ait de l'espace. Les cours de Xal passionnaient Atheos alors que moi, je réfléchissais aux cent et une manières dont je pourrais m'échapper.

La leçon sur les cartes finie, nous allions avec Atheos à la rose d'or, afin de nous ressourcer avant le bain. Ori avait raison, la perte de l'énergie curative de la rose devenait flagrante. Atheos le remarquait aussi.

- Tu trouves pas que la rose dégage moins de… Je ne sais pas comment le dire.

- Je t'ai compris, ne t'en fais pas. Ori m'en a parlé il n'y a pas longtemps. Je ne sais pas pourquoi, papy Xal ne nous a rien dit.

- Tu penses que l'on devrait lui parler ?

- Je pense qu'il est déjà au courant.
- Je le suis.

Xal apparaissait une nouvelle fois quand on parlait de lui. J'allais vraiment finir par croire qu'il avait des oreilles partout.

- Le jour est arrivé les enfants.
- Quels jours ? demanda Atheos.
- Demain, vous partirez pour Méliandre.
- Et on nous le dit maintenant ? se scandalisa mon ami.
- Ce n'est pas moi qui le décide, vous le savez. Je vais préparer vos affaires. Vous devrez partir avant que le soleil ne se lève. Allez prendre votre bain et vous coucher, une très longue route vous attend demain.
- Avant d'y aller, dit nous papy Xal, pourquoi la rose d'or perd son énergie ? Il poussa un soupir.
- Son heure est venue à elle aussi.
- Son heure ? Cette fois, ce fut moi qui posais la question.
- Vous n'avez pas besoin d'en savoir plus pour l'instant, allez prendre votre bain.

Atheos, avant de partir, se retournait.

- Papy Xal ? On se reverra bientôt, n'est-ce pas ?
- Plus vite que tu ne le penses. Allez, allez prendre votre bain mes petits.

Le soir, le soleil s'était couché depuis déjà bien longtemps et la maison aussi. Moi et Atheos étions bien trop épuisés par notre entraînement quotidien pour nous permettre de veiller, même si avec l'annonce du voyage, nous avions bien des choses à nous dire. Notre porte grinçait, cela me réveillait immédiatement. Mes sens s'affûtaient à mesure que le temps passait à utiliser ma forme draconique. J'allais bondir sur notre visiteur nocturne quand je vis que c'était papy Xal qui refermait la porte derrière lui, bougie à la main. Il me dit en chuchotant.

- Tu es réveillé, tant mieux. Réveille aussi Atheos, habillez-vous et rejoignez-moi en bas, sans un bruit.

Il ouvrit de nouveau la porte et la refermait. Je ne comprenais pas ce qui se passait, je savais que l'on devait partir très tôt, mais là, on n'avait pas dormi plus de deux heures. Je réveillais mon ami en lui répétant ce que m'avait dit papy Xal. Être réveillé au beau milieu de ses songes ne lui fit pas plaisir et je dû le secouer dans tous les sens pour qu'il accepte de me suivre. Une fois habillés, nous ouvrions la porte en silence, en essayant de ne pas faire craquer le parquet à chaque pas que nous faisions. La partie était perdue dans l'escalier en bois. Le bruit à chaque fois que nous descendions une marche avait de quoi réveiller la maisonnée. En bas, le silence régnait, aucune lumière. Je me mis sous ma forme draconique afin de mieux voir dans la pénombre. Aucune trace de papy Xal, seule la porte à ma gauche, qui était d'habitude toujours fermée, était ouverte. Une faible lueur de bougie s'en échappait. Je guidais Atheos vers la pièce et je l'entendis murmurer.

- La bibliothèque.

Nous traversions la maison en évitant les meubles et passions l'encadrer de la porte. Papy Xal, immobile devant une étagère remplie de livres, nous attendait. C'était une petite pièce, avec les murs couverts de bibliothèques. Il y avait aussi une table, avec une seule chaise au milieu. Sans un mot, il tirait plusieurs livres et les remettait dans un ordre bien précis. Lentement, la bibliothèque du fond s'avançait, puis se décalait devant une bibliothèque à gauche.

Des escaliers menant à un sous-sol s'étendaient devant nous. Papy Xal les descendit sans nous attendre et sans explications. Naturellement, nous l'avons suivi. Des racines noueuses bloquaient le passage, et d'un revers de la main, papy Xal les fit fuir. Le long des escaliers était éclairé par des torches et débouchait sur un couloir avec deux passages. Le premier, à droite, possédait une vieille porte en bois épais. Le deuxième, tout droit, avait une grille qui menait sur une large zone. Nous entrions dans la pièce de droite, après que papy Xal eut poussé la porte de bois. L'humidité et la mousse envahissaient la salle faite de pierre grise, ainsi que tout le reste des souterrains. Cela semblait être un bureau. L'endroit où nous nous trouvions était très vide et, apparemment, vu l'état du peu de meubles qu'il y avait, il était très peu utilisé. Papy Xal fouillait dans un des tiroirs du bureau et sortit un masque. Il sortit un paravent de sous une commode et se changea derrière avec les habits qu'il avait apportés. Nous, dans tout ça ? Nous restions complètement spectateurs de la scène. Le temps que papy Xal mettait à se changer, Atheos me tirait la manche, visiblement effrayé. Je n'étais pas rassuré non plus. Avant que nous n'ayons le temps de nous poser plus de questions, papy Xal sortit de derrière le paravent. Habillé d'un masque et d'une tenue noire à capuche qui le recouvrait des pieds à la tête, sa voix avait changé.

- Nous allons voir les autres, ne dites surtout pas mon nom, d'accord ?

Je ne comprenais rien à ce qui se passait.

- Quels autres ? Papy Xal, explique-nous. C'est quoi tout ce mystère et ce lieu ?

- Calme-toi, mon enfant. Je vous ai fait peur, je m'en excuse. Vous allez vite comprendre, je vous l'assure. Pour l'instant, je vous demande de faire comme si vous ne connaissiez pas mon identité. Vous êtes d'accord ?

Je finis par me résoudre à consentir, rien ne servait d'insister, il ne dirait rien. Nous sortions pour rejoindre la grille et l'ouvrir avec une clé qu'il sortit de sa poche. Je pouvais apercevoir que derrière cette grille, il y avait de la vie. Quand il l'ouvrit, je compris mieux ce qu'il en retournait. Le sous-sol s'étendait tel une sphère avec plusieurs autres espaces enfoncés dans la pierre qui en faisaient le tour. Une rivière parcourue de ponts de bois la traversait à l'horizontale. Un étendard inconnu était attaché en haut, recouvrant une bonne partie du plafond, de sorte à ce que l'on ne puisse pas le voir entièrement en levant la tête. Il représentait un humain avec une capuche, qui regardait vers le ciel, bras tendus, baignant dans une lumière éclatante. Parmi les personnes qui discutaient, transportaient des caisses et travaillaient le fer, je reconnus des visages, dont celui du vieux forgeron. Il me fit signe quand il m'aperçut et nous allions à sa rencontre.

- Apôtre des divins, vous êtes accompagné du jeune dracon, c'est fantastique !

- Comme vous vous en doutiez, End. Vous pouvez lui remettre le bouclier, son départ est pour demain.

- Très bien.

Il partit chercher derrière l'établi, installée dans l'espace aménagé pour la forge. Il revint vite avec un bouclier dans les bras, qu'il me tendit.

- C'est un aspis, le bouclier bombé le plus utilisé par les légionnaires en ce moment. Le tien est adapté à ta taille, fait de bronze et recouvert d'une sève qui ne s'enflamme jamais, récupérée par l'Apôtre des divins. Tu peux lui en être reconnaissant.

- Merci et toi aussi.

- Voyons, ne le tutoie pas !

- Il peut. C'est bon, End.
- Excusez-moi si je me suis montré impoli.

Le vieux forgeron s'inclinait respectueusement.

- Ce n'est pas le cas, ne t'en fais pas.

J'étais surpris par le respect dont il faisait preuve envers papy Xal.

- Donc vous vous appelez End ?
- Non, mon nom complet est Endtona Faber Canton. Mais tout le monde m'appelle End.
- D'accord, je peux aussi ?
- Bien sûr. Prends-tu soin de mon épée ? J'ai assisté au tournoi, vous vous entendez bien elle et toi, j'en suis ravie, mais pense à bien la nettoyer. Puis-je la voir ?
- Papa, tu ne vas pas recommencer ? La dernière fois, tu l'as mise quasiment à la porte et puis c'est son épée maintenant. Excuse-le, lui et sa passion pour les armes… C'est pour ça que maman a voulu divorcer.
- Tu es toujours aussi dur avec ton vieux père, Carole.
- Bonsoir, Apôtre des divins. Il m'inquiète, c'est tout, avec ses réactions, il pourrait avoir des ennuis à force.

Ne se souciant guère des dires à son sujet, End n'attendait qu'une seule chose : voir mon épée. Je touchais mon collier et je le lui remis. Le plus ravi du monde, il l'emporta avec lui dans la forge, en ne manquant pas de répéter qu'elle n'était pas assez bichonnée.

- Nico ! Ça fait des mois que j'essaie de te mettre le grappin dessus et te voilà avec l'Apôtre des divins. Bonsoir, Apôtre.

- Bonsoir, Rody.

Rody apparut avec un grand sourire, visiblement très joyeux de me retrouver ici.

- Je ne connais cependant pas le garçon aux cheveux blancs qui t'accompagne.

Atheos restait muet. Je le présentais à sa place.

- Il s'appelle Atheos, c'est mon ami.
- Enchanté Atheos, moi, comme tu l'auras compris, c'est Rody.

Atheos, sur la défensive, répondit à mi-mot.

- Moi aussi.

Une question me brûlait les lèvres.

- J'ai quelque chose à te demander. Comment s'est déroulé le tournoi après que je me sois évanoui ?
- Oh, on ne t'a pas raconté ? Eh bien, je vais le faire, allons nous asseoir, cela sera plus confortable.
- D'accord.

Atheos me tira la manche et me parlait dans l'oreille.

- Nico, si Rody est là, ça veut dire que l'endroit où on se trouve…

Je hochais la tête, moi aussi j'avais compris. Les enfants des divins, il faut dire que les indices étaient aussi gros que le caraliff. La question était surtout, pourquoi papy Xal était soudain devenu le gourou d'une secte ? Je n'aurais pas la réponse tout de suite, mais au moins j'allais avoir celle du tournoi. Rody nous installait à une table et nous apportait à boire.

- J'imagine que vous ne buvez pas de vin, je vous ai servi de l'eau.

Nous avions déjà suivi quelqu'un dans un sous-sol en pleine nuit, je n'allais pas boire en plus un verre servi par un inconnu.

- Quand tu t'es évanoui, heureusement, tu as complètement incinéré l'autre bestiau. Il n'en restait presque rien. Le choc m'avait projeté en arrière aussi, mais grâce à toi, je n'ai rien eu. Je t'ai emmené à la grille du milieu, à l'opposé du caraliff, pour te faire évacuer et que l'on te prodigue les premiers secours. Mon pouvoir consiste à contrôler les petits objets, pas très loin, mais avec mon entraînement, je les manie assez précisément. Je me suis aperçue que mes couteaux avaient disparu, ils avaient été dispersés à cause de l'explosion. Il y eut un gros bang ! Comme si le gong avait retenti, mais ce n'était pas le gong. Tes flammes ont fait fuir le caraliff vers le colosse, qui s'était débarrassé de la demano en lui crevant les yeux. Elle avait dû lui sauter dessus, car son armure avait la trace de ses griffes. Quand le caraliff la chargea, il lui asséna un coup dans le crâne avec sa grande masse. Ce qui provoqua ce son, résonnant dans toute l'arène. Le caraliff sonnait, ne demanda pas son reste. Le colosse se tourna vers moi. Je regardais de tous les côtés pour trouver mes couteaux et, grâce au soleil, je les vis briller. Ils étaient à deux pas du cynamor. Pas le choix, le colosse courait déjà sur moi, il fallait que je récupère mes couteaux. Je courais moi aussi, espérant les atteindre avant qu'il ne me rattrape. J'y étais presque mais je vis le cynamor bouger légèrement à mon approche, j'étais à quelques mètres. Si je me rapprochais encore, je savais que le cynamor m'aurait croqué sans que je ne puisse faire quoi que ce soit. Je n'avais pas le temps de réfléchir, j'entendais le colosse se rapprocher. Je suis retourné et sorti le seul couteau qui me restait dans l'étui de mon avant-bras. Le colosse allait abattre sa masse sur moi, mais par miracle, le cynamor me passa au-dessus pour l'attaquer. Je ne sais pas pourquoi lui et pas moi, mais je ne vais pas m'en plaindre.

- Surtout qu'il aurait pu vous paralyser tous les deux en crachant son venin.
- Vous avez tout à fait raison, Apôtre, mais je suis un petit veinard. J'ai été fait chevalier Dragon et j'ai eu la récompense qui allait avec.
- Si vous avez fini votre histoire, j'ai à leur parler.
- Oh oui, bien sûr, vous voulez que je m'en aille ?
- Non, je vais les emmener dans mon bureau.
- Bonne soirée à vous.
- De même, Rody.

Il nous ramenait dans son bureau, par-delà la grille. Après qu'il eut refermé la porte, il enleva son masque et sa capuche.

- Alors papy Xal, explique-nous pourquoi on est dans une planque des enfants des divins et pourquoi agissent-ils comme si tu étais leur chef ?

Atheos avait cessé d'être muet et il était en colère.

- Parce que c'est le cas.
- Comment ça ?

- Je suis leur chef, je suis celui qui a créé les enfants des divins.

Ni moi, ni Atheos ne trouvions quoi dire.

- Peu importe pourquoi j'ai créé les enfants des divins, la raison pour laquelle je vous ai fait venir ici, c'est que je veux que vous alliez à Méliandre, non pas pour accomplir votre rôle d'émissaire, mais pour rejoindre mes contacts là-bas. Ces prochains jours, il va se passer beaucoup de choses à Arckange. Votre rôle d'émissaire n'aura plus lieu d'être, d'autant plus qu'ils vous manipulent. À la première occasion, ils se serviront de vous comme otage ou pire encore. Arckange a été la seconde ville la plus hostile envers les dracons et autres formes de divinité. Elle est une entrave à leur légitimité au trône. Je vous demande de vous rendre là-bas, pour que vous poursuiviez ce que vous avez envie de faire et cherchiez vos origines, si vous y tenez aussi. Je ne vous demande pas de nous rejoindre, absolument pas. Vivez juste librement, les enfants.

Je ne savais pas si je devais lui dire merci ou le menacer de nous dire la vérité. Atheos semblait le croire, il lui fit un câlin. J'avais décidé de suivre mon ami et de lui faire confiance jusqu'au bout. Papy Xal nous avait certes caché beaucoup de choses, mais jamais il ne nous avais menti. Atheos avait d'autres questions.

- Dit, Papy Xal, quand le roi a demandé si c'était toi pour la lettre et que tu as répondu non…

- J'ai menti.

- Comment as-tu fait pour que le centurion Crève-Cœur ne le remarque pas ?

- J'ai plus d'un tour dans mon sac. Il nous fit un clin d'œil.

- Et l'incendie ?
- C'était aussi moi.
- Pourquoi as-tu tué Sirion ?
- Vous aviez tous les deux beaucoup de rancœurs envers cet homme. Au point que vous auriez pu commettre l'irréparable. Je sais qu'à l'avenir vous serez sûrement obligés de prendre des vies, mais je ne voulais pas que ce fardeau pèse aussi tôt sur vos épaules.
- Papy Xal, j'ai déjà pris des vies.
- Je le sais et je sais que même si tu ne t'en rends pas compte maintenant, elles te pèseront. J'ai simplement voulu vous alléger un peu. Maintenant, vous allez remonter et vous coucher. Il est très tard et vous vous levez dans moins de quatre heures. Vos affaires seront prêtes demain, tu peux laisser le bouclier ici. Ah, je sais que Ori est sûrement en haut des escaliers en train de réfléchir s'il doit casser à coups de poing les racines ou brûler la maison, dites-lui de venir me parler.

Effectivement, quand les racines se dégageaient, Ori s'apprêtait à fracasser le mur végétal à coups de poing. Surpris de nous voir remontés, il nous questionna, mais trop fatigués, nous lui avons simplement dit d'aller voir Papy Xal, pour que nous puissions nous coucher.

Le lendemain, nous nous réveillâmes très tôt, réveillés par Papy Xal et Ori, qui, au vu de leurs cernes, avaient discuté toute la nuit. Mon bouclier, ainsi que mon armure, avaient été soigneusement préparés sur ma chaise, à côté de mon lit. Atheos avait eu la même armure que moi, en blanc, ce qui lui allait très bien. Il avait également eu des dagues sur mesure aux pommeaux argentés et des lames bleutées. Ils nous accompagnèrent dehors après que nous ayons déjeuné dans un silence d'un soleil qui ne s'était pas encore levé. Dehors, il faisait très froid et de légers flocons tombaient avant de fondre quand ils atteignaient le sol. Le carrosse nous emmena aux abords de la cité avant de nous déposer près des portes ouest, où des gardes postés tenant deux canoces nous attendaient. Des bonjours silencieux se firent entre eux et nos deux accompagnants. Nous chevauchions les canoces et je remercie les quelques leçons d'équitation que nous avait faites Ori. Ils s'activèrent pour nous ouvrir les portes et les grilles, le pont-levis étant resté abaissé. Quand nous le traversâmes, de nouvelles aventures nous tendirent les bras. J'étais nerveux et excité ; j'allais pouvoir découvrir un monde nouveau qui s'offrait à moi. Je fis, avec Atheos, un dernier câlin à Papy Xal et Ori. Il était temps de partir, au revoir Arckange.

Cororieur

Je me souvins de la forêt. Une grande forêt, épaisse, qui s'étendait à perte de vue. Son odeur et ses chants, oh divins, que c'était doux ! Mes cousins du vent adoraient virevolter entre nos arbres ancestraux. La faune et la flore épousaient l'éther comme je n'avais jamais pu le voir ailleurs. Moi et mes frères, nous profitions de notre havre de paix. J'étais particulièrement proche de l'un d'eux, il s'appelait Melopin. Ses chants étaient les plus beaux et les plus reconnus parmi nos frères. Nous étions toujours collés l'un à l'autre, et si Melopin était reconnu pour ses chants, moi, je l'étais pour mes bêtises. Un vrai plaisantin, enchaînant les farces et les taquineries. Je prenais un grand plaisir à donner le sourire à mes congénères et en faisais ma philosophie de vie. Avec Melopin, nous étions tous deux très curieux de nature. Nous nous promenions souvent ensemble à la découverte de nouvelles contrées et d'esprits à rencontrer. De nos grands âges, nous avions exploré chaque parcelle de terre de notre petit continent et nous nous ennuyions. Malgré l'avertissement de nos frères, nous voulûmes aller par-delà la mer afin de découvrir de nouvelles terres. Nous réunîmes donc des cousins qui, tout comme nous, voulaient voir par-delà l'horizon. Cette crédulité, malgré nos centaines d'années, nous coûta à tous bien cher. Je m'attelai, avec Melopin et d'autres de nos frères des bois, à confectionner un navire, tandis que nos cousins s'occupaient du reste. Après plusieurs mois de préparatifs, tout était prêt. Nous embarquâmes après un dernier au revoir. La traversée fut rude ; sans les diverses capacités de tout le monde, elle eût été impossible. Ce qui pour nous était un chef-d'œuvre eût été qualifié chez les humains de vieux rafiot bon à couler au moindre mistral

Cororieur

Mais malgré nos piètres connaissances navales, nos cousins du vent et de l'eau se montrèrent particulièrement efficaces. Grâce à eux, nous pûmes parvenir jusqu'aux côtes d'Auvos. Nous apercevions au loin la grande ville d'Auvos, perchée en haut d'une falaise grise que l'érosion du temps marin avait affûtée et creusée par endroits. Entassés dans notre frêle embarcation, nous nous échouâmes sur le sable d'une petite crique. Les nuages gris et le vent frais ne nous firent pas bon accueil, mais nous étions trop excités à la découverte d'une nouvelle terre pour nous en soucier. La petite crique ne semblait pas posséder d'issues, nous escaladâmes donc la falaise chacun à notre façon. Arrivés en haut, nous tombâmes un peu plus loin sur un chemin terreux, salé, sec et craquelé, que nous décidâmes de suivre en direction de l'immense structure qu'était la ville d'Auvos. Chacun de nous n'avait jamais vu de ville, ni même de village auparavant. Nous étions, pour la plupart, nomades ou, comme les miens, sédentaires, vivant en tribu. Alors, à la vue de cette immense ville, nous étions comme des enfants. Devant la grande porte se tenaient des hommes en armure, armés de lances et d'un petit bouclier en forme de croissant de lune. Leur bouclier portait un navire noir au voile rouge, symbole d'Auvos. À notre vue, un des gardes quitta son poste pour passer les portes en courant. Un puissant son de cor retentit et une pagaille d'humains, à l'inverse, sortit de la ville. En position défensive, on pouvait constater une belle organisation dans leur déplacement. Leurs lances pointaient dans notre direction, ils nous hurlaient quelque chose dans leur dialecte. Au vu de leur réaction quelque peu téméraire, nous essayâmes de leur paraître amicaux.

Cororieur

Pour ce faire, je fis apparaître mes plus belles fleurs et Melopin leur chanta son air le plus reconnu. Un homme sortit de leur formation, et cela ne fut pas difficile de comprendre qu'il était leur supérieur. Il était facilement reconnaissable, deux plumes noires et rouges ornaient son casque, qui avait la forme d'un gland retourné. Son armure de poitrine bombait son torse à l'excès. D'âge mûr, une vilaine balafre traversait son visage dur et empiétait sur son œil gauche. Un début de barbe parsemait ses larges pommettes creuses, du haut de ses joues jusqu'à son double menton. Un seul œil bleu nous toisa de haut en bas, jaugeant notre niveau de menace. Nous ne le savions pas, mais plus tard, cet homme qui nous accueillit serait surnommé « le traqueur d'esprit ». Il demanda à ses hommes de baisser les armes et s'approcha de Melopin. Lorsqu'il se fut trouvé à deux pas de lui, il lui adressa la parole dans le même dialecte que les autres. Voyant que nous ne comprenions pas ce qu'il essayait de nous dire, il fit un grand geste vers la porte. Nous comprîmes alors qu'il nous invitait à entrer. Très heureux de cette proposition, nous ne nous fîmes pas prier pour le suivre. À l'intérieur de la ville, les réactions des habitants furent moins amicales ; cela hurlait ou partait se barricader dans leurs maisons. Malgré l'accompagnement de la garde, les réactions ne furent pas seulement agressives, mais la peur avait envahi les citadins. Nous continuâmes malgré tout, cela ne nous empêcha pas de profiter de la magnifique architecture de la cité. Des pierres avaient été taillées pour former un bloc creux qui possédait une entrée en bois. Une matière transparente nous permettait d'en voir l'intérieur avant que les habitants effrayés ne les recouvrent, elles aussi, de bois. Au-dessus du bloc, des pierres noires que je n'avais jamais vues furent posées de manière très pentue.

Cororieur

C'était la première fois que je découvrais les maisons. Dans les rues pavées, une légère brume arpentait le sol et l'air marin avait une odeur, elle aussi, assez particulière que je n'avais pas retrouvée chez moi. Nous passâmes les nombreuses enceintes et grilles que possédait la cité d'Auvos. Plus nous avancions, plus nous nous enfoncions dans les quartiers riches de la ville. Au centre, proche de la falaise, il y avait un grand château. Les pierres de celui-ci semblaient avoir été assemblées au hasard. C'était presque un miracle que le caprice du temps ne l'eût pas fait s'écrouler. Il possédait toutefois un certain charme rustique. Ils nous firent entrer et nous installèrent dans une vaste pièce. Une grande table, nappée de noir, de rouge et de touches bleu océan, occupait la quasi-totalité de la pièce. Des bougeoirs et des lustres l'éclairaient, vacillant au gré du vent qui s'engouffrait dans les fissures du château. Avec des signes, ils nous invitèrent à nous asseoir. Moi, mes frères et mes cousins, nous nous installâmes à la table. Nous attendions, émerveillés, d'être accueillis par une nouvelle espèce dont nous étions tant curieux. Des serveurs accompagnés de plats en tout genre vinrent se poser devant nous. La plupart de mes frères et cousins ne possédaient pas de palais, nous ne savions comment faire de ce qui nous était offert si généreusement. Certains trituraient la nourriture pour comprendre en quoi cela consistait, mais les plus réticents d'entre nous, ne voulant pas offenser nos hôtes, regardaient sans toucher. Le commandant coiffé de plumes, qui avait disparu, revint pour les desserts. De magnifiques confiseries et gâteaux nous furent offerts. Pourtant, ils durent remarquer que nous ne mangions pas ce qu'ils nous apportaient. Ils les posèrent tout de même sur la table. Après que nous eûmes « mangé », ils apportèrent un dernier cadeau. Chaque serveur tenait dans ses mains un collier, qu'ils nous mirent avec le sourire.

Cororieur

N'ayant pas l'habitude du concept de sourire, je ne pus me rendre compte qu'ils étaient forcés. Les colliers mis, il était trop tard. Nos forces nous quittèrent presque immédiatement. Certains tombèrent de fatigue, les autres essayèrent tant bien que mal de les retirer, en vain. Je compris immédiatement que le chef aux plumes était le commanditaire de la disparition de notre force. Malgré mes efforts, mon énergie m'avait quitté, je n'arrivais pas à bouger de ma chaise. Je ne ressentais plus la nature autour de moi. Comme une non-existence, je ne m'étais jamais senti aussi seul qu'en cet instant. Il n'y avait rien que je pusse faire quand les gardes nous emmenèrent hors de la salle. Nous parcourûmes de longs couloirs et des escaliers sombres, dans les tréfonds du château. Ils nous enfermèrent, entassés dans des cellules où les rongeurs et l'humidité s'étaient installés bien avant nous. Beaucoup de temps s'écoula ; les secondes et les jours marquaient nos esprits, comme les vagues qui creusaient la falaise dans laquelle nous étions retenus. De temps à autre, des gardes surgissaient des escaliers, emportant un de nous. Sans un mot, ni même un cri, il n'y avait que le son des chaînes raclant le sol quand l'un de mes frères était emmené. Aucun d'entre eux ne se débattit, et je ne le fis pas non plus quand vint mon tour. Lorsque les gardes vinrent me chercher, ils regardèrent ma marque faite avec une vieille lame de couteau abîmée, représentant un symbole. Elles avaient été faites au préalable et leur permettaient de nous identifier. Dès qu'ils venaient, ils savaient parfaitement pour qui. La mienne se trouvait sur mon torse et il ne fallut qu'un rapide coup d'œil au garde pour me reconnaître parmi mes congénères. Nous étions tous recroquevillés entre nous, comme un cocon, espérant que l'homme ne nous entraîne pas dans l'ombre des escaliers de pierre. Malheureusement, ils dégagèrent sans peine notre petit nid, nous poussant sans vergogne.

Cororieur

Ils me saisirent par les bras et m'emmenèrent hors de la cellule, dans les ténèbres des escaliers. En haut, un homme m'attendait et, après un bref passage d'estimation de mon état et de ma valeur, je fus emmené dans un chariot cloisonné d'un épais métal. Les portes se refermèrent et je me sentis encore plus seul. Les portes se rouvrirent des jours plus tard, après un trajet fastidieux, où les ballottements de la prison mobile étaient mon quotidien. Nous nous arrêtâmes sur un terrain aplani. Un paquet d'humains effectuait des va-et-vient tumultueux entre les cages d'animaux exotiques et les tentes installées. La plupart étaient déguisés et pratiquaient des animations en tout genre. L'épicentre de la troupe était un grand chapiteau aux couleurs flamboyantes. Ils m'emmenèrent à l'écart du reste du groupe et m'enfermèrent à nouveau dans une cage, avant de repartir. J'avais vu certains humains qui s'entraînaient aux pirouettes et au lancer de couteaux. L'homme qui m'avait enfermé ici leur avait ordonné quelque chose. Je pensais, à leurs manières d'esquiver mon regard et à l'évitement de ma cage, que cela avait un rapport avec moi. Les jours passèrent et l'homme finit par revenir me voir. Il me parla, mais je ne comprenais pas ce qu'il tentait de me communiquer. Visiblement agacé, il appela un jeune humain de sa troupe, occupé à nourrir les animaux. Il était roux et ses joues étaient parsemées de taches de rousseur. Sur celle de droite, une étoile avait été marquée au fer rouge. Le jeune garçon avait très peur d'approcher de ma cage, mais le ton de l'homme lui ôta toute envie de protester. Après un bref échange, le garçon resta seul auprès de ma cage. Dépité, il tenta une approche en me parlant.

Cororieur

Je ne réagis pas, alors il partit. Quel étrange monde avais-je décidé d'aller voir. Il fallait absolument que je rentre chez moi. Surprenamment, le jeune humain revint avec un bol d'eau. Hésitant, il attendit. Quand il fut à peu près sûr que je ne lui sauterais pas dessus, il pointa du doigt le bol en disant « eau » et me le glissa à travers les barreaux. Les barreaux étant trop serrés, le bol se renversa. Le jeune prit peur et recula de quelques pas. Je demeurai immobile. Le jeune humain ne savait pas s'il pouvait récupérer le bol, tendait la main et la dérobait à répétition. Lentement, je tendis mon bras pour attraper le bol. Quand il me vit bouger, il prit ses jambes à son cou. Le jeune humain revint quelques heures plus tard. Devant ma cage, il y trouva mon bol. L'eau avait disparu, absorbée par mes racines. Il le récupéra tout en gardant un œil sur moi et partit m'en ramener un plein. Cette fois-ci, il prit garde à ne pas le renverser en le faisant passer à travers les barreaux. J'attendis qu'il s'écarte avant de tremper ma main pour m'abreuver. Il patienta docilement et me pointa de nouveau le bol en disant « eau ». Peut-être attendait-il de moi que je l'imite. Je pointai mes branches vers le bol, en gargouillant. La langue des humains était complexe, contrairement à nous qui communiquons à travers des chants. Eux n'utilisaient pas que des tons. Il tapa des mains pour me féliciter tout de même. Je dois avouer que ce peu de considération me réchauffa le cœur. J'essayai donc de nouveau et cet exercice se fit tous les jours durant, pendant près d'un mois. Même si ma compréhension de l'humain était sommaire, je possédais la plupart des bases. Je pouvais maintenant avoir de vraies conversations avec le jeune humain. Il m'apprit que l'homme qui m'avait enfermé devait être appelé maître et que je serais puni si je ne le faisais pas. Il m'en apprit un peu plus sur sa vie et sur le monde. Ses parents l'avaient vendu contre quelques drams, la monnaie des humains. Son nom était Lomar, il venait d'un village d'Auvos, appauvri par la guerre.

Cororieur

Je lui demandai pourquoi il n'avait pas de collier comme moi. Il me répondit que le maître savait que, de toute façon, il n'avait nulle part où aller et que des choses pouvaient arriver à un enfant seul. Le monde des humains me paraissait bien trop cruel. Pourquoi une telle différence par rapport à là d'où je viens ? Lomar m'avertit que bientôt, je devrais travailler et qu'il ne pourrait plus passer autant de temps avec moi. Il avait raison, le lendemain, le maître vint me trouver et m'ordonna de sortir. Il me conduisit jusqu'au chapiteau. Une fois à l'intérieur, il me donna le choix : soit j'amusais les humains assis sur les bancs, soit il me ferait souffrir avec le collier. Je n'avais pas envie de souffrir, alors je me dirigeai vers la scène en terre, en forme de cercle. Mon collier se mit à briller et je sentis que ma connexion avec la nature s'était rétablie. Tout autour, le public d'humains m'applaudit. Je devais les amuser, donc c'est ce que je fis. Dans le creux de ma main apparut une douce lumière oscillant entre le vert et le jaune. Elle s'envola délicatement vers les humains qui étaient tous admiratifs. Doucement, la lumière fit le tour du public et les enfants essayèrent, en riant aux éclats, de l'attraper. Après avoir fait le tour complet, la lumière vint se figer au-dessus de moi et explosa dans un orchestre d'éclats jaunes et verts illuminant le chapiteau. Les humains étaient ravis, ils m'applaudissaient et m'acclamaient. Mes pouvoirs étaient bel et bien revenus, j'allais m'en servir pour m'échapper. Comme si le maître pouvait lire dans mes pensées, le collier s'activa, inhibant de nouveau mes pouvoirs. On me ramena dans ma cage, et le maître m'avertit que si je tentais de m'échapper durant mes spectacles, il me brûlerait jusqu'à ce que je le supplie d'arrêter d'exister. Il me dit aussi que Lomar serait puni tout comme moi, puisqu'il semblait m'apprécier. Cela me passa toute envie de rébellion et j'abandonnai l'espoir de retourner un jour chez moi. Le temps passait au fil de nos voyages et Lomar grandissait peu à peu. Il était toujours aussi bienveillant et il était mon seul ami.

Cororieur

Je me demandai quelquefois ce que devenaient mes frères et sœurs ainsi que Melopin. J'aurais adoré écouter son chant ne serait-ce qu'une fois. Une nuit, une tempête se leva et la pluie s'abattit sur nous, sans vergogne. Ma cage ne m'abrita pas du mauvais temps. Lomar eut de la peine pour moi et partit chercher de quoi la recouvrir. Il revint avec des couvertures qu'il posa sur ma cage pour me protéger un peu de la pluie. Je n'eus pas le temps de le remercier avant qu'il ne disparût pour se mettre à l'abri. J'attendis le lendemain pour le remercier de prendre soin de moi. Il n'était pas obligé et n'attendait rien en retour, mis à part un peu de compagnie. Il était celui qui me raccrochait encore à ce monde. Le lendemain, Lomar revint pour m'enlever les couvertures mouillées afin que je pusse profiter du soleil. Je le remerciai pour hier et aujourd'hui, pour sa sollicitude. Il rigola en disant que c'était normal entre camarades. Le maître apparut alors et il n'était pas de bonne humeur. Il râla que la pluie n'était pas bonne pour les affaires. Il aperçut Lomar en train de m'enlever les couvertures. Il le gronda fermement et lui ordonna de s'occuper du reste des affaires. Lomar s'excusa et se dépêcha de partir. La pluie avait transformé la terre en gadoue, et le malheureux Lomar glissa dès son premier pas. Il tomba de tout son long dans la boue, soulevant une vague de fange qui vint éclabousser la belle tenue du maître. Rouge de colère, ce dernier sortit un fouet de sa ceinture et fouetta allègrement le pauvre Lomar. Le maître tournait le dos à ma cage et il était à ma portée. D'un bond, j'attrapai la fourrure à son cou et le tirai vers moi. Sa tête tapa contre les barreaux, et il tomba assis.

Cororieur

Avant qu'il n'eût pu reprendre ses esprits, mes mains faites de bois resserrèrent son cou. Mon collier se mit à me brûler et me fit ressentir une douleur indescriptible. Je faillis lâcher le maître, mais je me repris et l'étranglai de plus belle. Je parvins à articuler que, s'il ne me libérait pas, je lui romprais le cou. Les secondes me parurent des millénaires, tant ma souffrance était vive. La brûlure s'arrêta subitement, je relâchai doucement la pression, et le maître put de nouveau respirer. Je l'avertis une dernière fois d'enlever le collier ou il mourrait. La bave coulait de sa bouche et les larmes de ses yeux. Il me répondit avec difficulté que, s'il mourait, alors le collier me brûlerait et me tuerait moi aussi. Je resserrai mon étau et, sans plus attendre, mon collier tomba. Il me menaça en disant que, s'il devait mourir, je serais pourchassé jusqu'aux confins du monde. Je le pris au mot, mes racines rentrèrent par sa bouche et pénétrèrent son corps. Ma conscience se transmit dans le corps du maître, tandis que le mien, d'origine, tomba sans vie. J'étais dans le corps de celui que je haïssais le plus ; voilà une belle revanche sur la vie. Lomar, horrifié par ce spectacle, se retint de hurler. Je le rassurai, lui expliquant que c'était toujours moi et qu'il allait falloir qu'il m'aide pour que nous sortions tous les deux de là. Il comprit et me demanda ce que je voulais qu'il fasse. Je voulais libérer mes frères avant tout, mais je ne savais pas où chercher. Il m'expliqua que le mieux pour nous deux était que je me fasse passer pour le maître afin de me servir de ses richesses et de ses connexions. Avec cette couverture, nous pourrions les retrouver plus facilement. J'acceptai son idée, qui ne me sembla pas mauvaise, et grâce à son expérience d'humain, je pourrais vivre en société. Il me donna mon nouveau nom, qui était celui de mon ancien maître. Mon nouveau nom en tête, nous nous dirigeâmes vers la tente du maître. Là, Lomar me fit un topo de mes possessions et des possibilités qui s'offraient à moi grâce à mon influence fraîchement acquise.

Cororieur

Je laissai les commandes à Lomar afin qu'il m'aiguillât sur ce que je devais faire et dire aux autres. Il fallait paraître le plus naturel possible. Heureusement, le reste de la troupe ne posa pas de questions sur mon ancien corps inanimé. Lomar m'aida dans mes recherches, et je finis par retrouver la trace de Melopin. Il avait été acheté par un membre de l'aristocratie d'Arckange. Leur demeure familiale se situait proche de la chaîne de montagnes pourpres qui séparait Arckange et Méliandre. Le problème, selon Lomar, était que le chef de leur famille faisait partie du conseil royal. Prendre Melopin et s'en aller signifierait se battre contre tout le royaume d'Arckange. Cela compliquerait ma tâche pour retrouver mes autres frères. Il m'assura que nos espions avaient confirmé que la vie de Melopin n'était pas en danger et qu'il fallait se concentrer sur sa libération tout en pensant à la suite. Une idée me vint après de longues discussions avec Lomar. La famille Syla, celle qui détenait Melopin, était friande de dépravation en tout genre, et elle organisait des « réceptions » où le thème principal était perversion et déchéance. Il fallait donc un moyen de les contrôler en exploitant leurs plus gros points faibles : leur attrait pour l'amusement. Pour les attirer dans notre toile, nous utiliserions une drogue. Elle serait aussi attractive que possible, et ils en deviendraient tellement dépendants que je pourrais leur prendre tout sans qu'ils opposent la moindre résistance. Cette idée me vint en pensant à un arbre de chez moi, dont la sève attirait les insectes, les rendant fous de son goût sucré. Lorsque l'arbre avait attiré suffisamment d'insectes, il ne produisait de la résine qu'à certaines périodes de l'année. Les insectes protégeaient l'arbre toute leur vie et participaient même à sa pollinisation, espérant comme récompense la délicieuse résine sucrée. Il me fallait donc créer une drogue capable de les séduire sans qu'ils ne s'en rendent compte et qui servirait à leur asservissement. Lomar confirma que, de cette manière, le royaume d'Arckange ne se mettrait pas en travers de ma route.

Cororieur

La famille Syla était une épine dans leur pied. Leur dépravation posait problème à la couronne, qui feignait l'ignorance tant que cela n'impactait pas directement le royaume. Lomar et moi nous rendîmes dans l'une des demeures les plus proches d'Arckange, appartenant à mon ancien maître. Lomar s'approvisionna de condamnés à mort qui serviraient de cobayes. Cela me prit moins d'un mois pour confectionner la drogue écorce-rouge, qui tirait son nom de l'arbre à résine. Quand elle fut prête, Lomar la fit circuler chez la famille Syla. La drogue m'était liée grâce à mes pouvoirs. Ce n'était qu'une question de temps avant qu'ils ne deviennent tous accros et passent sous mon contrôle. J'étais toutefois très impatient de récupérer Melopin, et même si Lomar me rassurait, je m'inquiétais pour mon ami. Environ deux mois s'écoulèrent avant que la famille Syla ne passât complètement sous mon contrôle grâce aux effets de l'écorce-rouge. Et pour ceux qui n'en consommaient pas, Lomar leur offrit de l'argent en échange de leur silence. Ils vivraient désormais loin du royaume d'Arckange. Je partis avec Lomar pour la demeure de la famille Syla, qui m'appartenait désormais. Je me rendis avec hâte à l'endroit décrit dans les rapports : la pièce secrète où se tenaient les soirées privées organisées par la famille Syla. Située dans les étages supérieurs de la demeure, cette pièce n'était accessible que par une porte dissimulée dans l'un des couloirs. À l'intérieur, la première chose dont je me souvins fut cette odeur persistante et nauséabonde. Rien que d'y repenser, j'en avais la nausée. L'odeur s'était ancrée dans les meubles, les murs et le sol de la pièce. Au centre, il y avait des sofas et une petite table sur laquelle se trouvaient des objets qui m'étaient inconnus et dont je me fichais éperdument. Tout autour de la pièce, des cages rondes étaient exposées. Dans certaines d'entre elles se trouvaient des créatures, toutes dans un état pitoyable. Dans l'une de ces cages, je retrouvai Melopin. Son regard vide fixait les barreaux.

Cororieur

Il ne m'aperçut pas à travers les barreaux, ni ne m'entendit lorsque je l'appelai. Je le sortis de la cage qui le retenait prisonnier et ordonnai qu'on lui enlève son collier. Même une fois cela fait, je percevais à peine son énergie vitale. Je me mis en résonance avec son esprit dans l'objectif de lui faire retrouver la raison. Ce que j'y vis me fit perdre tout espoir. Son mental était brisé, une coquille vide qui se contentait de se maintenir en vie. Les brefs passages dans ses souvenirs me firent pleurer d'horreur. Qu'avaient-ils fait subir à mon ami ? Il eut une légère prise de conscience et me parla à travers mon esprit. « *Tu es là* », ce furent ses derniers mots. Le lien entre nos esprits se rompit, et il s'éteignit. La colère m'envahit, et les racines envahirent la maison, la transformant en une sorte de jungle. Lomar se tenait fermement pour ne pas être emporté par la croissance folle des racines et tenta de me calmer. Cela me rappela qu'il m'avait menti sur l'état de Melopin. Les racines cessèrent leur expansion, et mon attention se porta sur Lomar. Je lui criai : « *Pourquoi m'as-tu menti ?* » Il me répondit que la priorité était de sauver tous mes frères sans me mettre en danger et de penser à la suite. Je lui ordonnai de partir, lui disant que cela réglait ma dette envers lui et que je ne voulais plus jamais le revoir. Il ouvrit la bouche pour parler, mais se ravisa et partit. Je regardai Melopin, sans vie. Je pris ses deux bras et les emportai avec moi. Les humains paieront pour leurs horreurs et leur arrogance. Je rendrai la liberté à mes frères, et ensuite, je ferai sombrer ces terres dans la terreur. Quand ils finiront par se déchirer entre eux, j'en ferai une nouvelle terre pour mes frères, et jamais plus ils ne subiront de pareilles atrocités. Cororieur est mort dans cette cage. Mon nouveau nom sera celui de mon ancien maître. Ce sera celui qui apportera la guerre pour les humains et la paix pour mes frères.

Je suis Xal.

Ori Phoenix Stanfire

Les souvenirs de mon enfance restèrent assez flous. Je me souvenais de mon père, qui partait avant le lever du soleil et revenait bien après son coucher. Quand il rentrait, il ramenait toujours une odeur âcre qui irritait la gorge. Ses vêtements étaient recouverts d'une poudre de couleur pourpre qui brillait à la lumière des bougies. Je passais mes journées avec ma mère chez la famille Constante. Ma mère accompagnait et éduquait les deux jeunes fils de la famille, un peu plus âgés que moi. Le soir, nous rejoignions une petite cabane où il faisait froid, et où le vent s'infiltrait entre les planches. Nous dormions tous les trois serrés les uns contre les autres, pour nous tenir chaud. Un soir, mon père n'était pas encore rentré quand quelqu'un toqua à la porte de notre cabane. Je ne me souvins ni de qui c'était, ni de ce qu'il dit, mais seulement de ma mère qui s'effondra sur le sol, en larmes. Je ne gardai aucun souvenir précis du reste de la soirée. Le lendemain, nous n'allâmes pas chez les Constante. Quelques personnes passèrent par notre maison pour adresser des mots réconfortants à ma mère. J'eus la maladresse, en raison de mon jeune âge, de lui demander où était mon père. Elle me répondit uniquement par des pleurs. Je ne posai plus la question, car je détestais voir ma mère pleurer. Je me rappelai qu'à la fin de cette journée sombre, une personne nous déposa un gros sac. Il était si lourd que même ma mère ne parvint pas à le soulever seule. Après ces jours moroses, nos conditions de vie s'améliorèrent considérablement. Ma mère continua de travailler chez les Constante, mais moi, j'obtins le droit d'aller à l'école. Je me souvenais très clairement du jour où ma mère me dit que je pouvais dorénavant porter le nom Stanfire et que mon surnom serait Phoenix. Elle me demanda d'en être très fière, mais de ne pas le crier sur tous les toits à l'école. Nous emménageâmes également dans une nouvelle maison, et ma mère me fit la surprise en rentrant de l'école. Tout semblait aller mieux, mais à mes quinze ans, ma mère tomba malade.

Ori Phoenix Stanfire

Je grandis avec l'amour de ma mère et évitai les railleries à l'école autant que je le pouvais. Au début, elle ne faisait que tousser, mais son état alla de mal en pis. Au fil des mois, elle eut de plus en plus de mal à respirer. Il n'y avait pas de remède, mais un traitement existait pour atténuer ses symptômes. Le problème était qu'il coûtait terriblement cher. Je n'avais jamais réfléchi à mon avenir, mais il me fallut faire un choix. Pour payer le traitement de ma mère, je me tournai vers le métier le plus rémunérateur : l'armée. C'était le moyen le plus rapide de gagner de l'argent sans expérience. Pour intégrer l'armée de manière permanente et espérer éviter la milice, où le salaire était dérisoire, il fallait réussir les tests d'entrée. Je m'entraînai jour et nuit pour être prêt le jour de l'examen. Une semaine avant les épreuves, ma mère aborda le sujet de mon père. Elle me raconta tout d'une traite, sans s'interrompre, pour ne pas fondre en larmes. Mon père travaillait dans une mine appartenant à la famille Syla, située dans les montagnes pourpres, où l'on extrayait une pierre appelée cœur de Méliandre. Les mineurs qui travaillaient trop longtemps dans ces mines développaient une maladie qui rendait leur sang si fluide que la moindre égratignure pouvait devenir fatale. C'est ce qui était arrivé à mon père, mort d'une hémorragie à la suite d'une blessure. Elle me raconta, sans trop de détails, la situation de notre famille, les Stanfire. Elle évoqua les raisons de notre déchéance, la perte de notre civilité arckagnéenne, et comment nous étions tombés en esclavage. Le patron de mon père nous avait donné de quoi racheter notre liberté et notre civilité, ce qui nous avait permis de retrouver le nom Stanfire. Même si nous étions très loin de la grandeur passée de notre famille, ma mère nourrissait l'espoir de voir un jour notre ascension et le retour de notre honneur. Intégrer l'armée pourrait, en plus de subvenir à nos besoins, redorer le blason des Stanfire.

Ori Phoenix Stanfire

Je profitai de ce rare moment où ma mère s'était ouverte pour lui demander s'il n'y avait personne d'autre dans la famille qui pourrait nous aider à payer son traitement. Elle secoua la tête et m'expliqua que la plupart étaient morts, partis, ou croulaient sous les dettes. Nous étions donc seuls. Le jour de l'examen arriva très vite, et j'espérai m'être suffisamment préparé. Il se tenait plusieurs fois dans l'année, dans différents terrains d'entraînement. Cette année, il avait lieu dans le terrain nord d'Arckange. La cité était immense, et s'y rendre me prit beaucoup de temps. Je partis donc de bon matin pour ne pas risquer de manquer le début de l'examen. Lorsque j'arrivai, je constatai que je n'étais pas le seul à attendre dans la nuit froide de l'hiver. Une flopée de jeunes garçons grelottait autour de moi, certains se frottant les bras ou sautillant pour tenter de chasser le froid. Je me sentis nerveux. Je savais que l'examen serait avant tout une épreuve physique, mais si des questions théoriques étaient posées, j'étais fichu. À côté de moi, un garçon se frottait frénétiquement les bras, visiblement frigorifié. J'entendais ses dents claquer. Pour oublier ma nervosité, je tentai de lui faire la conversation. Je me présentai, et il fit de même. Il s'appelait Lopio Asparagus Calac. Il venait d'une famille d'aristocrates et m'expliqua que, même s'il n'obtenait pas un bon résultat à l'examen, il était assuré d'obtenir un bon poste grâce à son rang. Il ajouta que la plupart des postes de commandement étaient accaparés par les nobles, ce qui ne laissait que les fonctions subalternes pour la plèbe. Cette réalité me fit réaliser à quel point il allait être difficile pour moi de me faire une place importante dans l'armée. Malgré son statut, Lopio se montra sympathique. Nous nous promîmes de nous entraider si cela était possible durant l'examen. Nous continuâmes à discuter de nos vies, et il tiqua légèrement en entendant mon nom de famille, mais il ne posa pas de questions. Cela me fit du bien de parler à quelqu'un de mon âge.

Ori Phoenix Stanfire

Quand j'étais encore à l'école, j'avais été mis à l'écart, et, même si je m'étais habitué à la solitude, elle avait fini par me peser. Le soleil ne s'était pas encore levé lorsqu'un instructeur vint prendre nos noms. Nous passions tour à tour devant le sous-officier. À mon tour, je donnai mon nom : Ori Phoenix Stanfire. Il me fit signe de passer, et je me rangeai aux côtés des autres, en ligne derrière lui. Une fois la collecte des noms terminée, le sous-officier se retourna face à nous. Il entama un discours exaltant sur la grandeur de la cité d'Arckange, sur notre devoir de la défendre, mais aussi sur la nécessité d'étendre les frontières des terres de feu, surnom donné aux territoires conquis par notre armée. Quand il eut achevé son discours, nous passâmes au test physique. Un parcours d'obstacles faisait le tour du terrain d'entraînement. Sur la ligne de départ, je me tins prêt à donner mon maximum et à gagner les faveurs du sous-officier. Dès qu'il donna le top départ, ce fut la cohue. Tout le monde se bousculait dans l'espoir de prendre la tête de la course. Je parvins à m'imposer et à me glisser parmi les premiers. À peine avais-je pris un léger avantage que le premier obstacle se présenta : des larges boucliers de notre armée, alignés sur plusieurs rangées, ne laissant que quelques maigres espaces entre eux. Être parmi les premiers me permit de profiter d'un de ces passages étroits, tandis que les suivants seraient forcés de sauter par-dessus les boucliers, perdant ainsi un temps précieux. Le deuxième obstacle consistait en trois filets de corde épaisse, espacés chacun d'environ un mètre. L'espace entre les cordes permettait tout juste à un homme de se faufiler. Je me glissai difficilement à travers les trois filets, utilisant toute ma souplesse et ma détermination. Les épreuves se succédèrent à un rythme effréné. Quand je bouclai le premier tour, le sous-officier nous en imposa deux supplémentaires. Les derniers tours, je les parcourus à peine conscient, comme en transe. Mon corps me trahissait, chaque foulée ressemblait à un ultime effort avant l'effondrement.

Ori Phoenix Stanfire

Mais je tins bon. Encore un peu. Un dernier obstacle. Les poumons en feu, le souffle court, chaque muscle hurlant à l'abandon, je franchis enfin la ligne d'arrivée. Quelques-uns étaient arrivés avant moi, leur corps parfaitement athlétique suggérant qu'ils s'entraînaient depuis bien plus longtemps que moi. Je n'étais pas le premier, mais cela ne m'empêchait pas d'être fier. Je m'étais bien classé et ce n'était que le début. Après avoir mangé au réfectoire, nous fûmes appelés dehors. Un cercle avait été tracé dans la terre. Le sous-officier nous mit par paire et expliqua les règles : si l'on se rendait, si l'on était incapable de combattre ou si l'on sortait du cercle, on était disqualifié. Chaque paire passa à son tour et s'affronta à mains nues. Une grande différence était évidente entre les plus riches, entraînés depuis leur enfance, et le peuple qui, bien que physiquement pas mauvais, manquait de technique. Le sous-officier me mit avec Lopio, ce qui me déçut un peu. Je n'avais pas vraiment envie d'affronter le seul camarade que je m'étais fait. Il était arrivé un peu après moi lors de la course d'obstacles et m'avait semblé encore plus épuisé que moi. J'aurais sûrement plus de chance de l'emporter, même si je ne devais pas sous-estimer la technique des nobles. Quand notre tour arriva, nous pénétrâmes dans le cercle. Je ne savais pas vraiment quelle posture adopter, alors je me fis à mon instinct, contrairement à Lopio qui semblait savoir exactement ce qu'il faisait. Le sous-officier lança le combat. Lopio prit les devants avec un rapide direct du droit visant mon nez. Le coup fit mouche sans que je puisse réagir. La douleur de mon nez, qui avait failli se briser, m'empêcha de contre-attaquer. Lopio en profita et enchaîna avec un crochet du droit dans ma mâchoire. Il plaça son pied dans le creux de ma hanche exposée et me poussa d'un coup sec. Je manquai de sortir du cercle, mais je retrouvai un appui in extremis. Je profitai d'être proche du sol pour prendre une poignée de terre et la jeter au visage de Lopio en me retournant.

Ori Phoenix Stanfire

Les bras levés pour protéger ses yeux, je lui fonçai dessus de toutes mes forces, enfonçant mon épaule dans son bas ventre pour le soulever, tout en continuant de courir. Surpris, il ne put que se laisser faire tandis que je le jetai en dehors du cercle. J'avais envie de vomir et ma tête tournait ; son coup dans la mâchoire avait dû taper mon menton. Je fus désigné vainqueur et sortis du cercle avec Lopio. Visiblement, il n'était pas enchanté par ma victoire, mais il finit par me tendre la main pour me féliciter avec un sourire. Ce n'était pas bien vu de perdre pour un noble, surtout face à moi, qui n'étais redevenu citoyen que depuis peu de temps. Il me rassura en disant que cela lui permettrait de progresser et qu'il se fichait des critiques. Une semaine s'écoula avec des entraînements quotidiens et des tests réguliers. Ce serait peu dire que je me donnai à fond, et cela paya. Lors de l'annonce de nos classements et de notre affectation, je fus officiellement accepté comme apprenti dans l'armée. Maintenant, le plus dur était à venir : pouvoir monter en grade sans être noble. Je le savais, c'était quasiment une mission impossible, mais j'y croyais : si je voulais redorer le blason de ma famille, je n'avais pas d'autre choix. Ceux qui, comme moi, avaient été admis dans l'armée furent transférés dans un autre centre d'entraînement, plus proche du centre de la ville. Un jour de repos nous fut accordé avant de reprendre l'entraînement. Je dis à bientôt à Lopio et partis annoncer la bonne nouvelle à ma mère. Elle fut ravie et me félicita du matin jusqu'au soir. C'est rempli de fierté et de vigueur que je me rendis au nouveau terrain d'entraînement. L'accès était bien plus contrôlé que le précédent et de larges murs de pierre l'entouraient. Je retrouvai Lopio à l'entrée, qui m'attendait. Je remarquai un bleu sur sa joue, qu'il n'avait pas avant son départ. Je le questionnai à ce sujet, mais il l'évita en changeant de sujet.

Ori Phoenix Stanfire

Il me demanda si je savais manipuler l'ether, qui était une norme parmi l'aristocratie Arckagnénne. Je lui répondis que ma mère m'en avait parlé, mais que ni elle, ni moi ne savions comment faire. Il m'expliqua que, si je voulais espérer monter en grade, il me fallait absolument savoir manipuler l'ether. Il me donna une astuce réservée aux nobles : "Enflamme tes émotions." Je réfléchis longuement à cette phrase, jusqu'à ce que l'heure vienne de faire mes preuves. Après avoir pénétré les murs qui menaient au terrain d'entraînement, nous fûmes de nouveau mis en ligne. Un autre sous-officier demanda qui savait maîtriser l'ether. La quasi-totalité des nobles leva la main, et je compris que c'était maintenant que tout se décidait. Je pris le risque de lever la main aussi ; désormais, je ne pouvais compter que sur la chance pour m'en sortir. Le sous-officier passa à tour de rôle devant ceux qui avaient levé la main pour qu'ils lui fassent une démonstration. Je vis Lopio, à côté de moi, me regarder avec inquiétude. Je fermai les yeux et essayai de me concentrer, d'enflammer mes émotions. Sans le vouloir, je cédai à la panique qui m'empêchait de réfléchir. Je pensais à ma mère, qui m'attendait à la maison et qui avait placé tant d'espoir en moi. Mon père, qui était mort afin de pouvoir racheter notre liberté, et grâce à lui, nous l'avions obtenue. J'étais si triste de ne pas pouvoir répondre à leurs attentes et de ne pas réussir à les rendre fiers. Mon cœur battait la chamade, mes tempes tapaient à l'unisson dans mon crâne. Soudain, je ressentis quelque chose d'autre au creux de mon ventre. Ce n'était pourtant pas la faim ; c'était plus diffus, comme de l'eau chaude qui s'écoulait doucement dans mon corps. C'était ça ! Je l'avais ! Je ressentais l'éther dans mon corps ! La voix puissante du sous-officier me fit ouvrir les yeux. Il se moqua de moi en voyant qu'une larme avait coulé d'un de mes yeux, avant de tendre une pierre pourpre. Il me dit de mettre ma main dessus tout en manipulant l'ether. Il l'ausculta attentivement, avant de passer à Lopio.

Ori Phoenix Stanfire

J'avais réussi ? La réaction du sous-officier ne me rassurait pas. Quand il eut fini de faire le tour, le sous-officier se replaça devant nous. Il ordonna à tous ceux qui avaient passé le test de former un groupe. J'y allais moi aussi, m'attendant à ce qu'il m'interpelle, mais il me laissa faire. Il nous annonça nos résultats, et, pour ceux d'entre nous qui avaient réussi le test et les entraînements, nous allions rejoindre les premiers feux. Les autres, quant à eux, seraient envoyés chez les flammes. Un instructeur prit notre groupe fraîchement formé et nous mena plus profondément dans le camp. Lopio me félicita discrètement, me disant que j'avais un vrai talent pour apprendre à manipuler l'éther aussi vite. Pendant un mois, nous avons suivi un entraînement intensif, combinant efforts physiques et développement du contrôle de l'éther. Lopio m'expliqua les différentes classes de troupes qui nous départageaient. Il y avait tout d'abord les braises, qui comprenaient les médecins militaires, les ingénieurs militaires, et ceux affectés aux premières lignes. Ensuite, les flammes, la plupart des troupes combattantes, et enfin, le premier feu, formé aux postes de commandement. Évidemment, tout au long de notre formation, nous devions prouver notre valeur afin d'éviter d'être reclassés chez les flammes. Je parvenais à suivre l'entraînement physique sans trop de difficultés, mais j'étais complètement perdu pour ce qui était du contrôle de l'éther. Développer mes propres caractéristiques de manipulation m'opposait un mur. Les nobles, comme Lopio, avaient souvent des caractéristiques héritées de leur famille, ce qui leur permettait de se développer plus facilement. Lopio, par exemple, pouvait prévoir les mouvements des autres, même les yeux fermés. Cependant, cette capacité était loin d'être parfaite : plus le mouvement qu'il essayait de prédire était précis, plus il avait de chances de se tromper. Malgré cela, il restait extrêmement fort. Au fil des jours, je commençais à me sentir de plus en plus en difficulté, incapable de suivre les autres lors des entraînements.

Ori Phoenix Stanfire

Les progrès de Lopio et des autres élèves nobles me dépassaient largement. Il fallait que je trouve ma propre caractéristique, mais où chercher ? Je passais mes nuits à veiller, tenté de découvrir quelque chose en moi, car si je n'y arrivais pas d'ici la fin du mois, je serais reclassé chez les flammes, et ça, je ne pouvais pas l'accepter. Lors d'une course d'obstacles où je commençais à me faire distancer de plus en plus, une pensée obsédante m'envahit : je devais me surpasser. Même si cela devait me coûter la vie, je finirais premier. Je ne pouvais pas échouer, je ne pouvais pas décevoir ma mère. Mon corps me lâchait, mais petit à petit, je réduisais l'écart qui me séparait des autres. C'est alors que je le ressentis : l'éther, qui commençait à circuler à l'intérieur de mon corps, comme toujours, partant de mon bas ventre pour se figer dans mes muscles. Je n'avais jamais porté attention à cela, mais cette fois-ci, je compris que cela pouvait être la clé. J'essayais de concentrer l'éther dans mes jambes et immédiatement, je sentis mes muscles se contracter avec force. La douleur fut instantanée, une crampe intense, mais mes muscles ne se figèrent pas. J'étais encore capable de courir, alors je courus. À chaque foulée, mes jambes semblaient s'enfoncer dans le sol, propulsant mon corps avec une puissance titanesque, à la limite de me broyer les os. Enfin, j'arrivais premier, mais je m'effondrais sur le sol, épuisé et écrasé par la douleur. J'avais trouvé ma caractéristique. J'étais si fier. Mais au fur et à mesure de mes entraînements, la vérité me frappa au visage : j'étais maudit. La puissance de ma caractéristique était inouïe, mais elle me contraignait. Mes os, eux, ne se renforçaient pas pour supporter une telle force. Je n'avais pas le contrôle nécessaire pour doser ma puissance, et chaque entraînement m'apportait des douleurs de plus en plus intenses, mon corps me le faisant savoir clairement. Lopio, voyant ma détresse croissante, intervint comme toujours avec une solution.

Ori Phoenix Stanfire

Lors de cette journée de repos, nous fûmes autorisés à rendre visite à nos familles. Je mentis à ma mère, lui disant que tout se passait très bien pour moi et que j'arrivais à maîtriser l'éther mieux que quiconque parmi mes camarades. Je ne savais pas si elle me croyait vraiment, mais elle me félicita tout de même, son sourire éclairant son visage fatigué. Je savais qu'elle espérait beaucoup de moi, mais je n'avais pas le cœur à lui dire la vérité, de peur de l'inquiéter davantage. Quand nous rentrâmes au camp d'entraînement, Lopio me tendit une fiole. Il avait l'air plus grave que d'habitude et m'expliqua, d'un ton sérieux, que si je buvais cette potion, je pourrais renforcer mes os de manière à supporter la puissance de mon pouvoir. Cependant, il m'avertit des effets secondaires : tout d'abord, une forte probabilité de perdre ma fertilité, et plus tard, un risque de développer des maladies osseuses. Je n'hésitai pas un instant, même avant qu'il ne me détaille les conséquences. Peu importe les sacrifices, je voulais redonner son prestige à ma famille. Si je devais sacrifier ma descendance, alors je trouverais un membre éloigné ou j'adopterais, et si la famille Stanfire devait s'éteindre avec moi, qu'il en soit ainsi, mais elle s'éteindra dans la grandeur. Je pris la potion sans hésiter, sachant que je devais en boire tous les soirs pendant six mois. Celle que Lopio me donna était pour un mois, et il récupérerait le reste au prochain jour de repos. Peu à peu, je sentis les effets de la potion : les douleurs devenaient plus supportables, probablement grâce au renforcement de mes os et à l'adaptation progressive de mes muscles. Les crampes, bien que toujours présentes, étaient moins insupportables. Petit à petit, je réussis à exploiter mon pouvoir de manière plus efficace, ce qui me permit de gravir le classement au fil des tests. Lors du test final, à la fin du mois, je faisais partie des premiers, un exploit que je n'aurais pas cru possible quelques semaines auparavant.

Ori Phoenix Stanfire

Lopio, quant à lui, réussit à se maintenir au milieu du classement, assez pour rester dans les rangs des premiers feu. Il grimaça à la lecture des résultats, mais ne dit rien, semblant accepter son sort avec une résignation silencieuse. Je savais qu'il espérait mieux, mais il n'était pas du genre à se laisser abattre. Il continuerait à se battre, à progresser, tout comme moi. Après tout, c'était là toute l'essence de ce camp : ne jamais céder à la défaite. Le lendemain, nous eûmes un jour de repos bien mérité. Je profitai de cette pause pour aller voir ma mère et lui raconter mon exploit. Je ne lui parlai pas de la potion, de peur qu'elle ne s'inquiète davantage. De toute manière, elle ne comprenait pas bien ce que cela impliquait, et cela ne faisait que compliquer les choses. Je voulais la rassurer, lui montrer que j'avais pris les choses en main, que tout irait bien. Lorsque je la retrouvai, elle m'accueillit avec un sourire, mais j'eus immédiatement la sensation que quelque chose n'allait pas. Son souffle était court, et elle semblait plus fatiguée que d'habitude. Les traitements réguliers avaient atténué ses crises, mais elle s'essoufflait toujours rapidement. Le médecin avait dit qu'il n'y avait plus grand-chose à faire, et les effets du traitement se faisaient de moins en moins perceptibles. La maladie semblait la ronger à petit feu, et je savais que cela me pesait sur les épaules. Je m'efforçai de lui cacher ma propre angoisse, mais je sentais la pression de ses attentes, de son espoir en moi. J'espérais de tout cœur que ses crises ne s'aggravent pas avant la fin de ma formation. Je devais réussir, et cela devenait de plus en plus difficile à supporter. Mais je n'avais pas le choix. Il fallait que je tienne bon.

Ori Phoenix Stanfire

Quand je la voyais si joyeuse et pleine d'énergie, mon inquiétude fondait lentement. Ces instants étaient rares, et je voulais en profiter. Mais dès que nous retournions au camp, la réalité me rattrapait. Lopio ne m'adressa plus la parole. À son retour, j'avais remarqué un œil enflé et une lèvre fendue. Il me tendit un sac avec les fioles nécessaires, mais lorsqu'il me vit poser la question sur ce qui lui était arrivé, son regard devint soudainement furieux. Sans un mot, il me lança le sac, que j'eus juste le temps de rattraper. Ce fut la dernière fois qu'il me regarda. Plus tard, j'ai compris ce qui le poussait à agir ainsi. Il subissait une pression énorme de la part de sa famille, qui ne voyait pas d'un bon œil ses résultats. Surtout, ils ne supportaient pas l'idée que moi, un simple homme du peuple, puisse dépasser un noble. Il m'avait néanmoins fourni les potions en dépit de cette pression, et je lui en étais profondément reconnaissant. Les liens entre nous étaient devenus tendus, mais je ne pouvais oublier tout ce qu'il avait fait pour moi. Le temps passa, et mes efforts furent récompensés. J'ai été promu sous-officier dans la septième cohorte. Je me distinguai lors de la bataille de la Sangle, une confrontation sanglante qui opposa nos forces à celles d'Auvos, avec l'objectif d'agrandir le territoire et de transformer ces terres en terres de feu. Cette victoire marqua un tournant dans ma carrière, et peu à peu, je pris du galon. La rivalité avec Lopio grandissait, alimentée par les tensions politiques et sociales qui se tissaient entre les nobles et les anciens du peuple. Mais au-delà de notre compétition, j'avais d'autres préoccupations : ma mère nous avait quittés quelques années après mon premier poste.

Ori Phoenix Stanfire

Elle mourut, le regard fier, remplie de l'espoir que j'avais accompli ma part pour la famille. À ses côtés, je ne ressentis pas de chagrin, car la fierté qu'elle avait nourrie en moi éclipserait toujours le vide qu'elle laissait. Grâce à mes promotions et aux primes qui suivirent, je pus commencer à rechercher des membres éloignés de la famille Stanfire. Beaucoup d'entre eux vivaient dans des conditions misérables, réduits à l'esclavage pour rembourser les dettes accumulées par nos ancêtres. Ce fut une tâche difficile, mais je m'y consacrai pleinement, décidant que je redonnerais leur dignité à ceux de ma famille, aussi lointains soient-ils. La famille Stanfire devait se reconstruire, et puisqu'il m'était impossible de la perpétuer par mes propres moyens, je veillai à ce qu'elle grandisse autrement. La rédemption de notre nom passait par cela. Pas à pas, je parvins à me hisser jusqu'au commandement du Soleil Doré, la première cohorte. Ce n'était pas un parcours facile, mais chaque défi que nous avons traversé ensemble, avec mes hommes, m'a forgé. Nous avons vécu et survécu à des épreuves qui auraient écrasé plus d'un. Une complicité s'était tissée entre nous, et je ne pouvais simplement pas abandonner un homme de ma cohorte, surtout Rody, lorsque l'accusation s'abattit sur lui. Nous étions une famille, et dans ces moments-là, le sens de l'honneur était plus fort que tout. Je ne regrette rien. Chaque choix, même les plus difficiles, m'a permis de grandir, de comprendre les conséquences de mes actes. Mais j'étais conscient que mes décisions futures seraient encore plus lourdes à porter. Ce qui m'attendait n'était pas simple, et chaque étape serait marquée par de nouveaux dilemmes.

Ori Phoenix Stanfire

Mais une chose était certaine : je ferai en sorte de prendre les bonnes décisions. C'était là ma promesse. Ce chemin, c'était le mien à tracer. Et ce sera ma décision.

Table

1. Que tout brille..p.9

2. Tout bascule...p.16

3. L'épée des trois jours.......................................p.23

4. Le jardin de la rose d'or....................................p.32

5. 30 000 drams..p.38

6. La chaleur d'un foyer..p.49

7. Le tournoi du chevalier Dragon.........................p.59

8. Les dieux Dragons..p.68

9. Consumer..p.80

10. La boutique de Xal...p.89

11. Melopin..p.98

12. La finale..p.105

13. Liberté..p.121

14. Le grand conseil..p.130

15. La bibliothèque royale...................................p.150

16. L'excentrique..p.161

17. Drasil..p.169

18. Ce n'est qu'un au revoir................................p.183

Cororieur...p.196

Ori Phoenix Stanfire..p.209

Note aux lecteurs

J'ai toujours aimé créer des histoires, surtout le soir, quand j'ai du mal à m'endormir, ce qui arrive très très souvent. En seconde, j'ai eu envie d'en raconter une, une de celles qui me bercent chaque soir et de partager le plaisir d'être dans mon monde. J'ai donc commencé doucement à coucher les mots sur le papier et à construire son univers. Je n'ai aucune expérience littéraire (mis à part certaines lectures) et l'école n'a jamais été mon fort, alors pour moi faire un livre était un véritable défi. J'ai appris de mes erreurs maintes et maintes fois, pour arriver à quelque chose qui me satisfait. Mais je suis satisfait de l'histoire de Nico et de ses amis, je vais continuer à rêver de ses aventures et à les partager. S'il n'y a pas l'histoire d'Atheos dans les petites histoires annexes, c'est normal, cela arrivera dans le prochain. C'est mon premier livre, mais pas le dernier, et je sais que j'ai encore beaucoup de progrès à faire. Je vous remercie d'avoir lu mon histoire qui me tient très à cœur. J'espère qu'elle vous fera rêver comme moi.